日本文豪怪谈

[日] 夏目漱石 等著

邱香凝 译

中信出版集团 | 北京

目录

夏目漱石
3　梦十夜
30　伦敦塔

太宰治
57　鱼服记
66　圣诞快乐
78　哀　蚊

小泉八云
85　骑尸体的人
89　生　灵
93　死　灵

泉镜花
99　天守物语
145　高野圣僧
214　黑　壁

佐藤春夫
225　鬼　屋

夏目漱石

なつめ そうせき

作者简介

夏目漱石（1867—1916）

自小接受扎实的汉学教育，帝国大学（今东京大学）文科大学英文科毕业后，前往英国留学。归国后，在第一高等学校、帝国大学担任教师。1905年，在高滨虚子的建议下发表《我是猫》，大受欢迎。自此在日本近代文坛大为活跃，代表作有《我是猫》《少爷》《梦十夜》《心》《从此以后》等。1916年去世，留下未完遗作《明暗》。

梦十夜

第一夜

做了这样一个梦。

我盘手坐在枕边,床上仰躺的女人安静地说:"我要去死了。"女人的长发散落一枕,包覆着她轮廓柔美的瓜子脸。苍白的脸颊透着适度的血色,嘴唇当然也是红的,怎么看都不像将死之人。然而,女人依然安静清楚地说她就要死了。我也认为,这下确实是要死了。于是,我从上方俯瞰她,并且问:"这样啊,要死了吗?"女人一边说"就是要死了啊",一边睁大眼睛,长长的睫毛下,水润的大眼黑得发亮。那漆黑眼眸的深处,鲜明地浮现我的身影。

我望着那澄澈近乎透明、散发光泽的黑色眼珠,心想:这样也会死吗?我亲昵地亲吻枕旁,再次问:"不会死吧?没事的。"女人睁着惺忪的黑眸,依然安静地说:"可是,没办法,我就要死了。"

"那你看得到我的脸吗？"我不顾一切地问。她微笑着回答："什么看不看得到，你就在那里，当然看得到啊。"我沉默不语，从枕畔抬起头，交抱双手，心想，她无论如何都要死吗？

过了一会儿，女人又这么说："我死了之后，请将我掩埋。用大大的珍珠贝壳挖掘墓穴，用天上落下的星星碎片当墓碑。请你在墓旁等待，我会再来相见。"

我问，什么时候会再来相见？

"天上会出太阳，对吧？太阳会下山，对吧？接着又会日升，再次日落——红色太阳由东往西，又由西往东——你能耐心等待吗？"

我默默点头，女人安静的声音高昂了一些。

"请等待一百年。"她坚定地说，"请坐在我的墓旁等候一百年，我一定会再来相见。"

我回答会一直等。于是，黑色眼眸中，我鲜明的身影渐渐变得模糊，仿佛静谧水面上的倒影被搅乱。以为自己就要被冲散时，女人闭上了眼睛。泪水从长长睫毛之间淌下，沿着脸颊滑落——她死了。

接着，我前往庭院，拿珍珠贝壳挖掘墓穴。珍珠贝壳表面又大又光滑，边缘却很锐利。每当我挖起泥土，照进贝壳内侧的月光便熠熠生辉。潮湿的泥土发出气味，我挖了好一阵子，才将女人放入墓穴中，用贝壳舀起柔软的泥土覆盖在她身上。

每覆盖一次泥土，月光便会将贝壳内侧照得闪闪发光。

然后，我捡来星星的碎片，轻轻放在泥土上。星星的碎片是圆形的，或许是在划过长空坠落之际，把角度都磨得圆滑了吧。抱起星星碎片放在泥土上时，我的胸口和手都变暖了一些。

我坐在青苔上，想着接下来就要等待百年，一边盘起双手，眺望立着圆形墓碑的坟墓。接下来的时光，正如女人所说，太阳从东边升起，又红又大的太阳。一样如女人所说，很快地，又红又大的太阳再次朝西边落下。我数个一。

就这么过了一段时间，大红色的太阳冉冉上升，又默默西沉。我数个二。

如此一天一天计数，数不清看了几次红色的太阳。不管数到几，红色的太阳仍没完没了地从头上经过。即使如此，我还是等不到第一百年。最后，望着长出青苔的圆石，我怀疑是不是被女人骗了。

这时，我发现石头下方斜斜长出一根绿色的茎，朝我这边伸展。盯着看时，茎变得愈来愈长，长到我的胸前才停下。摇曳的绿茎顶端，冒出一朵看似歪着头的细长花蕾，正在绽放丰盈饱满的花瓣。雪白的百合花散发彻骨的香气。遥远上空落下一滴露水，花被自己的重量压得微微颤动。我往前伸长脖子，和沾着冰冷露珠的白色花瓣接吻。当我的脸离开百合时，忍不住望向遥远的天空，正好看见一颗星星在破晓的天空发光。

这时我才察觉,"原来第一百年已来临"。

第二夜

做了这样一个梦。

从和尚房间出来后,我沿着走廊回自己房间时,屋内的提灯已微微发光。单膝跪在坐垫上,拉起灯芯时,花一般的丁香灯油啪嗒一声落在朱漆台面上。同时,房间瞬间明亮起来。

拉门上的画出自芜村[1]笔下。黑墨描绘的柳条浓淡有致,远近分明,堤防上一个看似畏寒的渔夫斜戴斗笠经过。凹间挂的是海中文殊[2]的画轴,暗处放着焚剩的线香,线香依然散发香气。这座寺院很大,因此显得冷清,没什么人的气息。黑色天花板上挂着圆形灯笼,只要仰躺下来,就觉得那浑圆的黑影像是活物。

我依然单膝跪立,左手卷起坐垫,右手伸进去掏摸,那东西仍完好地待在原处。既然还在就放心了。我将坐垫摊平归位,稳坐其上。

---

[1] 与谢芜村(1716—1783),江户中期的画家、俳人。——译者注(如无特殊说明,书中脚注均为译者注)
[2] 指文殊菩萨。

"你不是武士吗?那应该能开悟。就是看你迟迟无法开悟,才会说你不可能是武士。你不过是个人渣。哈哈,你生气啦?"和尚笑道,"不甘心吗?不甘心就拿出开悟的证据来啊。"接着,和尚转头就走,真是莫名其妙。

隔壁大厅的立钟再次敲响前,我一定开悟给你看。不但要开悟,还要再进一次和尚房间,以开悟为代价,换取他的项上人头。若无法开悟,就取不了和尚的命。无论如何都得开悟,我是个武士。

要是无法开悟,我打算手刃自己。受到屈辱的武士怎能苟活?死也要死得漂亮。

这么一想,我的手不禁再次探入棉被下,拿出套着朱鞘的短刀。握紧刀柄,朝外侧甩开朱红刀鞘。冷冽的刀锋令昏暗的室内瞬间一亮,感觉像有什么厉害的东西从手中逃脱。于是,我将汇聚刀尖的所有杀气,凝聚为一点。看着锋利的刀刃凝缩到小如针头,杀气不得不全部集中在这把短刀尖端时,内心涌起想大干一场的冲动。体内的血流向右腕,连手中的刀柄都变得黏腻,嘴唇不住颤抖。

收短刀入鞘,放回右身侧,我盘起双腿,结跏趺坐——赵州禅师[1]谓之"无"。"无"是什么?我咬牙切齿地啐了声"臭和尚"。

咬紧牙根之际,鼻孔喷出热气,太阳穴丝丝作痛,眼睛也

---

[1] 赵州禅师(778—897),唐代禅师,法号从谂。

睁得比平常大两倍。

我看得见挂着的东西,我看得见提灯,我看得见榻榻米。我甚至看得见和尚那颗秃头,听得见他咧开大嘴嘲笑我。真是个混账和尚,无论如何都要砍下那颗秃头。我就开悟给你看。"无啊,无啊。"我压低了声音嘟哝。明明想要进入"无"的状态,居然还闻到线香味。搞什么,不就是个线香罢了。

我简直想握拳捶打脑袋到它怕了为止。牙根咬得不能再紧,两边腋下渗出汗水。背部僵硬得像根棍棒,膝盖关节忽然痛了起来。以前的我连膝盖骨折也不当一回事,可是好痛,好苦。"无"就是不出来。以为要出来了,立刻被疼痛搅乱,气死人。我不甘心,懊恼不已。眼泪汩汩流出,痛苦得想冲撞巨石,最好能粉身碎骨。

即使如此,我仍耐着性子保持坐姿不动,将那难以承受的痛苦硬是压抑在胸口。难忍的痛苦由下往上拱起全身肌肉,迫不及待地蠢动着,想钻出毛孔。然而,所有出口都封闭,陷入毫无出路的残酷状态。

渐渐地,脑袋也变得奇怪。提灯和芜村的画、榻榻米、木柜……所有东西看似存在又像不存在,看似不存在又像存在。话是这么说,"无"还是怎么也不现形,我只是可有可无地坐在这里罢了。忽然,隔壁大厅的座钟当当作响。

我心头一惊,右手立刻抚上短刀,时钟敲响了两声。

第三夜

做了这样一个梦。

我背着六岁的孩子。那应该是我的孩子没错。只是不可思议地,他的眼睛不知何时盲了,头发还剃得很短。我问他是什么时候弄盲了眼,他说:"怎么?那是很久以前的事了。"听起来固然是孩子的嗓音,遣词用字却很成熟,态度上也与我平起平坐。

左右两边都是绿油油的稻田,小径细长,鹭鸶的影子不时从暗处掠过。背上传来声音:"走进田里了吧?"

"你怎么知道?"我转过头问。

"听见鹭鸶在叫啊。"他这么回答。就在这时,鹭鸶确实叫了两声。虽然是自己的孩子,我却感到有些可怕。背着这样的东西,不晓得接下来会发生什么事。

我朝另一侧望去,想看看有没有地方能将他抛下,只见黑暗中有一座大森林。我才刚动念心想"如果是那里或许可以……",背上就传来呵呵笑声。

"你笑什么?"

孩子没有回答,只说:"爸爸,我重吗?"

"不重啊。"我回答。

"慢慢就会变重了哟。"他说。

我朝森林默默前进。田亩中央的小径不规则地扭曲，我始终无法顺利走出稻田。走了一会儿，前面出现岔路。我在岔路口停下，打算休息片刻。

"那边应该立着一块石头吧。"背上的小鬼说。

确实如此，前方有块高度及腰的八寸方形石碑立在那里。上面标示着往左通往日洼，往右通往堀田原。四下明明一片昏暗，石碑上的红字却格外鲜明，那是红腹蝾螈肚子的颜色。

"往左比较好吧。"小鬼这么指示。往左边看，刚才那座森林的幢幢黑影，正从高处落在头上，我有些踌躇。

"不用顾虑这么多。"小鬼又说。无可奈何，我只好朝森林前进。我内心暗忖，这孩子不是眼盲了吗？怎会什么都知道？沿着唯一的道路走近森林，背上传来"盲眼还真是不方便"的声音。

"所以，我不是背着你吗？"

"不好意思，让你背我。眼盲就是会被人瞧不起，这样不好。连父母都瞧不起自己，真是不好。"

我不禁厌烦起来，一心想赶快进森林里抛下他。

"再往前走一点，你就会明白——当时正好也是这样的夜晚。"背上的小鬼喃喃自语。

"你说什么？"我尖锐地质问。

"还问呢，你心知肚明。"孩子的回应充满嘲讽。他这么一说，我竟也觉得自己好像知道什么，只是不确定到底是什么。

记得是像今天这样的一个夜晚,隐约知道再往前走就能明白。等弄明白之后,事情恐怕会变得难以收拾,必须趁还不明白时快点抛下他,否则我将无法安心。于是,我加快脚步。

刚才下起雨,前方的路愈来愈昏暗,几乎像在梦中。然而,背上的小鬼紧紧攀附不放。这小鬼巨细靡遗地照亮我的过去、现在与未来,宛如一面发光的镜子,不放过任何一丝事实。更别提他是我的孩子,还瞎了眼。我再也受不了了。

"这里,就是这里。正好就在那棵杉树下。"

雨中小鬼的话声依然清晰,我不禁停下脚步。不知不觉走到森林里,前方几米外的黑影,便是小鬼口中的杉树了吧。

"爸爸,就是在那棵杉树下。"

"嗯,是啊。"我不假思索地回答。

"是文化五年[1]的事,那年是龙年。"

的确,好像是发生在文化五年的事,当年是龙年。

"距今正好一百年前的那天,你杀了我。"

几乎是在听见这句话的瞬间,我想起距今百年之前,文化五年的那个龙年,那个黑夜,在这株杉树下,杀了一个盲人。脑中忽然产生这样的自觉。就在我察觉自己是杀人凶手的当下,背上的孩子忽然沉重得宛如地藏石像。

---

1 即公元1808年。

第四夜

宽敞的厨房中央,放着一张类似长凳的东西,周围排着几张小折凳。长凳黑得发亮。角落有个老头子,坐在四方形的高脚托盘前独自喝酒,用来下酒的似乎是炖菜。

老头儿喝得满面通红,然而,他的脸光滑紧绷,没有一丝称得上皱纹的皱纹,只能从一把茂密的白胡子看出他上了年纪。我虽然还是小孩,也不由得疑惑这老头儿到底几岁。此时,老板娘从后院的引水槽提水回来,一边用围裙擦手,一边问:"老爷子,您几岁了?"老头儿吞下满嘴的炖菜,理直气壮地说"我忘了"。老板娘把擦干净的手插在细细的腰带间,站在一旁打量老头儿。老头儿用一个跟碗差不多大的容器大口喝酒,接着,从白胡下呼出一大口气。于是,老板娘又问:"老爷子,你家在哪里?"老头儿停止呼气,回应:"肚脐里面。"老板娘依然把手插在腰带间,又问:"你要去哪里?"老头儿再度举起碗大的容器,仰头喝一口热酒,然后吐气,说道:"我要去那边啊。"

"直走吗?"老板娘这么问时,老头儿呼出的气穿过拉门,越过柳下,往河原方向笔直飘去。

老头儿走到屋外,我跟在他的身后。老头儿腰上挂着小葫芦,肩背四方形的箱子,箱子垂在腋下。他穿浅黄色紧身裤和浅黄色背心,只有袜子是较深的黄色,似乎是用兽皮做的。

老头儿径直走到柳树下。柳树下有三四个孩子，老头儿笑着从腰间掏出浅黄色的擦手巾，再把手巾扭成细长条，放在地面正中央。接着，他在擦手巾旁边画一个大圆圈。最后，从肩上垂挂的箱子里，拿出卖糖人用的黄铜制笛子。

"等一下这条擦手巾就会变成蛇。看清楚，看清楚喽。"他反复地说。

孩子紧盯着擦手巾，我也一样。

"看好，看好了，好吗？"老头儿吹起笛子，沿着地上的圆圈团团转。我眼中只有擦手巾，但不管等多久，擦手巾还是纹丝不动。

老头儿哔哔吹响笛子，绕着圆圈走了一遍又一遍。穿着草鞋的脚尖踮起，蹑手蹑脚，像顾虑着那条擦手巾，绕着圆圈走。那模样看起来既恐怖又逗趣。

不久，老头儿停止吹笛。同时，打开那口肩背的箱子，以抓蛇颈的手势抓起擦手巾，丢进箱子。

"这么一来，擦手巾就会在箱子里变成蛇。马上就给你们看，马上就给你们看。"老头儿这么说，径直走开。穿过柳树下，沿着笔直的小路离去。我想看蛇，于是跟着踏上那条小路，紧追不放。老头儿不时发出"就要变了""要变成蛇了"的话声，脚步不停。最后——

"现在就要变了，要变成蛇了。一定会变的，笛子要吹响了。"

唱着这样的歌，老头儿往河岸走去。那里没有桥也没有船，只见他停下来休息，还以为大概要让我们看箱子里的蛇了，他却又摇摇晃晃地走进河里。起初走到水深及膝处，渐渐地，水淹到腰际，连胸口都被水掩盖，看不到了。即使如此，老头儿还在唱："变深了，入夜了，变直了。"一边唱，一边不停向前走，直到连胡子、面孔与头巾都完全看不见。

我以为等老头儿从对岸上来，就会让我们看箱子里的蛇，于是一直站在沙沙作响的芦苇草丛中等待。然而，不管怎么等，老头儿终究没有上岸。

第五夜

做了这样一个梦。

那似乎是很久很久以前的事，大概是神话时代吧。我参与战争，却不幸战败，被生擒为俘虏，带到敌方大将前。

当时的人都很高，还蓄有长长的胡须。系着皮带，把和棍棒一样长的剑挂在上面。直接把粗大的藤蔓拿来当弓使，藤蔓制成的弓既没上漆也没经过打磨，非常质朴。

敌方大将右手握住插在草地上的弓，坐在一个倒扣的酒瓮上。我瞥一眼他的脸，他的鼻子上方，两道粗眉连成一直线。当时自然没有剃刀之类的东西。

我是个俘虏，不可能有位子坐，只能盘腿坐在草地上。我的脚上穿着一双大草鞋，那个时代的草鞋鞋筒很高，站起来时足足高到膝头。鞋筒边缘刻意不收边，留下几缕稻草，像流苏一样垂着，走起路一晃一晃的，是一种装饰品。

大将就着篝火看我，问我想死还是想活。那个时代的习俗是，无论俘虏是谁，一律都会这么问。回答"想活"表示选择投降，回答"想死"表示绝不屈服。我只说了"想死"，于是大将拔起那把弓，丢向另一边，接着拔出挂在腰间、长如棍棒的剑。拔剑时带起一阵风，将篝火吹得一偏。我张开右手如枫叶，掌心对着大将，举到眼睛上方。这个手势代表"等一下"，大将见状，唰的一声还剑入鞘。

那个时代也有恋爱这种事。我说死前想见心爱的女人一面，大将说那就等到天亮鸡啼为止。必须在鸡啼前将女人叫来这里，倘若鸡啼了女人还未到，我就会在见到她之前被杀死。

大将依然坐着，注视眼前的篝火。我交叠起穿了大草鞋的双腿，坐在草上等待女人到来。夜愈来愈深。

篝火不时传出柴火烧落的噼啪声。每当柴火一烧落，火焰就会惊慌失措地朝大将卷去。漆黑的眉毛下，大将的眼睛映着火光发亮。这种时候总会有谁拿来新的树枝往火堆里抛。过了一会儿，篝火又发出噼啪声，是仿佛要将黑夜击退般勇猛的声音。

同一时刻，女人牵出系在后门边橡树下的白马。抚摸马鬃三次后,女人跳上高大的马背。这是一匹没有马镫也没有马鞍的裸马。女人白皙的长腿踢上马腹,马立刻向前飞奔。又有人来给篝火添了柴,隐约可看到远方天际渐白。黑暗中,马正以这明亮之处为目标拔腿狂奔,鼻孔喷出的气息热得像两条火柱。即使如此,女人还是不停用她那纤细的长腿踢向马腹。马加速奔驰,蹄声响彻云霄。女人的头发被风吹得向后飘扬,在黑暗中拖着长长的尾巴。尽管如此,她依然来不了篝火边。

伸手不见五指的道路旁,随即听见咯咯鸡啼。女人上身向后仰,双手拉紧缰绳。马一时止不住势头,前脚在坚硬的岩石上踩出一个蹄印。

咯咯咯,鸡又啼了一次。

女人惊呼一声,松开手中的缰绳。马前腿一弯,和乘在马上的人一起往前跌。岩石下方是万丈深渊。蹄印至今仍残留在岩石上。当时模仿鸡啼的是天探女[1]。

只要蹄印一天不消失,天探女就永远是我的仇人。

第六夜

听说运庆[2]在护国寺山门旁雕刻仁王像,我便信步走去

---

1 日本神话中的女神,为人类带来苦难,喜欢恶作剧。
2 运庆(?—1223),镰仓时代著名的佛师(雕佛像技师)、僧人。

看。没想到，一大群人早我一步聚集，还在那里议论纷纷。

距离山门十几二十米处，有一棵高大的赤松。斜生的树干遮蔽了山门的瓦片，朝遥远的天际延伸。松树的绿和门上的朱漆相映生辉。这棵松树的位置恰到好处，以不会挡住山门左侧的姿态往上方斜斜延伸，愈往上长，枝叶愈向两旁散开，直到超过屋顶。这副姿态有股说不出的古色古香，令人联想到镰仓时代。

不过，一旁围观的众人和我一样，都是明治时代的人。其中尤以车夫居多，肯定是等载客等得无聊了才来凑热闹吧。

"好壮观啊。"有个人这么说。

"这肯定比雕刻人像更费事吧。"另一个人这么说。

我正恍然大悟时，另一个男人又说："哦，在雕仁王像啊。现在还有人雕仁王像？是吗？我以为仁王像都是古物。"

"看起来很强呢。人们不是常说吗？从以前到现在若问起谁最强，没有比仁王更强的了。据传比日本武尊还强。"说这话的男人把衣摆往上折，塞进腰带里，也没戴帽。看起来是没受过什么教育的人。

运庆对围观者的评论毫不在意，头也不回地挥动凿子与槌子。只见他爬到高处，雕起仁王的脸部。

运庆头上戴着类似小乌纱帽的东西，身穿一袭素袄，却不知为何把宽大的袖子绑在背上。那模样颇有古意，和一旁围观吵闹的群众格格不入。我不明白运庆怎会生在这个时代，心想是不是发生了什么难以置信的事,决定继续看下去。

然而,运庆表现得稀松平常,专注投入雕刻。一个年轻男人仰头端详他半晌,转身对我称赞起运庆:

"真不愧是运庆,眼里根本没有我们,一副'天下英雄唯我与仁王也'的态度,真想为他喝彩。"

我觉得挺有意思,于是瞅了那个年轻男人一眼,他立刻又说:

"瞧瞧他用凿子和槌子的技巧,已达到随心所欲的境界。"

运庆打横雕琢着仁王那对一寸高的浓眉,手中的凿子才刚转正,槌子随即从斜上方敲下。削下一块坚硬的木头,厚厚的木屑应声飞来时,运庆已将仁王偾张的鼻子侧面雕出了轮廓。那下凿的手法毫不犹豫,充满自信。

"居然能把凿子用得这么自然随性,随手就凿出理想中的眉毛和鼻子。"我实在太佩服,不由得自言自语。年轻男人听了我的话,便说:

"不是那样的,眉毛和鼻子不是凿出来的,他只是用凿子和槌子把木头里本来就有的眉毛和鼻子挖掘出来而已。那就像挖出土中的石头,所以肯定不会有错。"

这时我才理解,原来所谓的雕刻是这么一回事。这样一来,岂不是谁都办得到?思及此,我忽然也想雕一座仁王像,于是不再围观,快步赶回家。

从工具箱里拿出凿子和铁锤,我走到后院。前阵子暴风吹倒院子里的樫木，原本打算拿来当柴烧，请人锯成适当的大小，堆了许多在那边。

我选了最大的一块，趁势雕刻起来。不幸的是，这块木头里找不到仁王。我将堆在那里的木块一一拿起，试着雕雕看，没有一块藏有仁王。我顿时领悟，明治时代的树里终究不会有仁王，也才明白运庆活到今日的理由。

第七夜

我似乎乘坐在一艘大船上。

这艘船日夜不停地吐着黑烟破浪前进。

声音也很惊人。可是，我却不知道这艘船要往哪儿去。只看到烧红火钳般的太阳从波浪底下钻出来，往上攀升，高挂在帆桅正上方好一会儿，又在不知不觉中越过大船，往前移动。最后，再度如火钳般发出滋滋声沉入浪底。每当太阳下沉，远方苍蓝色的海浪总会变成沸腾的暗红色。船只发出骇人的声响追逐太阳的足迹，但绝对追不上。

有一次，我抓住一个船员问：

"这艘船是往西边航行吗？"

船员露出疑惑的表情，打量了我半晌才反问：

"怎么说？"

"看起来像在追逐落日。"

船员呵呵一笑,往另一侧走掉了。

"西行的太阳,终点是东方?这是真的吗?东升的太阳,故乡是西方?这也是真的吗?身在海上,以船为家,随波逐流",我听见这样的歌声。走到船头一看,一大群水手正在拉动粗重的帆绳。

我非常不安,不知道什么时候才能回到陆地上,也不知道将前往何方。只能看着这艘船吐出黑烟破浪前行,仿佛永远没有结束的一天。大海极为辽阔,好似无边无际,有时看起来是紫色,唯独船行时周围会涌出雪白的泡沫。我非常不安,与其待在这样的船上,不如跳水自杀算了。

船上有很多共乘者,大多是外国人。不过,各种长相都有。阴天船正激烈摇晃时,我看到一个女人倚靠船栏频频哭泣。拿来拭泪的手帕看起来很白,但她身上穿着像是印花棉布做的洋装。看到这个女人时,才知道悲伤的不止我。

有天晚上,我走到甲板上,独自眺望星星。这时走来一个外国人,问我懂不懂天文学。我在这里都快无聊死了,没必要懂天文学,于是默不吭声。外国人兀自说起关于金牛宫顶的小七星的事,认为星星和海洋都是神创造的,最后问我是否信仰神,我凝视着天空不说话。

又有一次,我走进船舱沙龙,一个身穿华丽服饰的年轻女人背对着我弹钢琴。她的身旁站着一个高大英俊的男人,正在唱歌。男人的嘴看起来非常大，不过他们似乎对彼此之外的事毫不在意，甚至像是忘了正在搭船。

我愈来愈觉得百无聊赖，下定决心寻死。于是在某个晚上，四下无人的时候，我一鼓作气跳入海中。没想到——就在我的脚从甲板上腾空，手放开船缘的那一刹那，突然舍不得这条命，打从心底感到悔不当初。然而，事已太迟，我就算有千百个不愿意也非落海不可。只是船身太高，即使身体离开了船，脚却迟迟没有碰到海水。可惜四周没有能抓握的东西，身体离水面愈来愈近。无论我怎么缩脚，仍离水愈来愈近。水的颜色是黑色。

就在这个时候，船照例吐出黑烟，一如往常地驶过。我这才醒悟，就算是不知道要开往何处的船，还是应该安分搭乘比较好。不过，为时已晚，我只能怀抱着无限的后悔与恐惧，静静落入黑色波浪中。

第八夜

我踏进理发店，原本聚在一起的三四个身穿白衣的人，齐声对我吆喝"欢迎光临"。

我站在店的正中央环视四周。这是一幢四方形的房子，两侧墙上开了窗，另外两侧墙上挂着镜子。数了数，共有六面镜子。

我走到其中一面镜子前坐下来。椅子瞬间发出"噗"的一声,坐起来颇为舒适。镜中映出我体面的脸,脸的后方看得到窗户及一旁结账柜台的栏杆,没有人坐在柜台里。窗外熙来攘往的行人上半身看得十分清楚。

只见庄太郎带着女人经过。庄太郎不知何时买了顶巴拿马帽戴在头上。这女人又是什么时候结交上的呢?我不知道。两人看来兴致都很好,来不及看清女人的长相,他们就走过去了。

卖豆腐的小贩也吹着喇叭通过。他把喇叭含在嘴里,导致脸颊像被蜜蜂蛰了似的鼓起来。他就这么鼓着腮帮子走过去,害我担心得不得了,只因他看起来像被蜜蜂蛰了一辈子。

后来又有一个尚未化妆的艺伎行经。梳着岛田髻的发根松散,眼看发型就要垮了。她一副没睡饱的样子,脸色难看得叫人同情。她似乎向谁行了个礼,还报上自己的名字,可惜镜中没映出对方。

这时,穿白衣的大汉走到我身后,手持剪刀和梳子打量我的脑袋。我摸摸稀疏的胡子,问能不能剪得像样些。白衣男人什么也没说,用手中琥珀色的梳子敲了敲我的头。

"如何?头发也是,不知道能不能剪得像样点?"我这么问白衣男。白衣男依然什么都不回答,咔嚓咔嚓地动起剪刀。

我不想错过镜中映出的一切,于是睁大眼睛,但每当剪刀一响,黑色发丝就会飘下来,吓得我还是闭上了眼睛。不料，白衣男这么问：

"客人，你看到外面那个卖金鱼的了吗？"

我回答没看到，白衣男也不再多说，继续不断动手剪。这时，忽然有个声音大喊"危险"。我心头一惊，睁开双眼，从镜中白衣男的袖子下方看见脚踏车轮胎，也看到人力车的手把。正想着发生什么事，白衣男双手抓着我的头，硬是往旁边转。这么一来，我就看不到脚踏车和人力车了。耳边只传来剪刀的咔嚓咔嚓声。

不久，白衣男绕到我身边，修剪耳旁的头发。发丝不再往前飞，我放心睁开眼。"粟米年糕，年糕啊，卖年糕啊"的吆喝声近在耳边，只见一小根杵正往臼中捣，伴随一定的节奏捣年糕。我仅仅在小时候见过卖年糕的小贩，很想看一下。可是，卖年糕的小贩就是不走到镜子里，只听得见捣年糕的声响。

我用尽有限的视力窥探镜中每一角落。一个女人不知何时坐进结账柜台。女人肤色黝黑，眉毛很浓，身形高大，梳着银杏髻，穿饰有黑绢衣襟的衬里和服，立起单膝数钞票。钞票看起来像是十元钞。女人垂着长长的睫毛，抿着薄薄的嘴唇，专心致志地数钞票。放在腿上的钞票有一百张左右，不管数再多次，一百张钞票还是一百张钞票。

我出神地凝望女人的脸和十元钞票。这时，耳边传来白衣男大喊"洗头吧"的声音。时机来得正巧，我便从椅子上起身。才刚站起来，回头往结账柜台一看，别说女人或钞票，根本什么也没有。

付了钱,走出店外,门口左边排放着五个椭圆形水桶,装有许多金鱼,包括红色金鱼、花斑金鱼、瘦金鱼和胖金鱼。卖金鱼的小贩坐在水桶后方,动也不动地托着下巴,注视面前的金鱼,对周遭的喧嚣毫不在意。我站在那里看了卖金鱼的小贩好一会儿,但在我盯着他的这段时间,卖金鱼的小贩始终纹丝不动。

第九夜

世间隐约开始骚动,看似随时会爆发战争。感觉就像因失火而逃窜的裸马,不分昼夜绕着屋子狂奔时,步兵便得不分昼夜追逐围捕。尽管如此,家里却安静得好似森林。

家里有年轻的母亲和三岁的孩子,父亲不知道去哪里了。父亲在一个没有月亮的夜晚离家,站在地板上穿了草鞋,戴上黑色头巾,从后门离开。当时母亲手中的提灯细长的光线射进黑暗中,照亮树墙前的老桧木。

父亲从此没有回来。母亲每天问三岁的孩子:"爸爸呢?"孩子什么都没说。过了不久,孩子开始会回答:"那里。"母亲接着问:"什么时候回来?"孩子依然回答:"那里。"答完孩子还会笑,于是母亲跟着笑了,然后反复教他说"很快就要回来"。可是，孩子只学会说"很快"，有时母亲问"爸爸呢？"，孩子也会回答"很快"。

到了晚上，四周安静下来后，母亲会重新系紧腰带，将收在鲨皮鞘里的短刀插入腰间，拿细长的带子将孩子绑在背上，悄悄钻出家门。母亲总是穿草鞋，趴在母亲背上的孩子，有时会听着这草鞋发出的声响睡去。

沿着土墙围绕的城镇往西，行至缓坡尽头，会遇上一大棵银杏树。看到这棵银杏就右转，约莫一个街区的后方，立有一座石头鸟居。穿越一边是田亩，一边净是竹林的路来到鸟居前，钻过鸟居后进入一片昏暗的杉林。顺着三十多米的石子路走出去，会看到老旧拜殿的阶梯。褪成鼠灰色的油钱箱上挂着一条系铃粗绳。若是白天，便能瞧见绳铃旁有块写着"八幡宫"的匾额。那个"八"字像两只面对面的鸽子，颇为有趣。此外，还有各种匾额，大多是武家射中标靶时，附上射箭者名奉献的匾额，偶尔也有直接献纳太刀的。

从鸟居下穿过时，杉树上总有猫头鹰啼叫。粗草鞋的趿拉声在拜殿前静止后，母亲会先拉响绳铃，随后蹲下击掌合十。猫头鹰的叫声多半就在此刻停歇。

接着，母亲会全心全意祈祷父亲平安归来。母亲认为父亲既然是武士，只要来供奉弓箭之神的八幡宫祈愿，没有不实现的道理。

孩子经常被铃声吵醒，一看到四下黑漆漆，不免会忽然就哭了起来。这种情况下，母亲只得一边祈祷，一边晃动身体安抚背上的孩子。虽然有马上顺利哄得他不哭的时候，但也有反倒哭得更激动的时候。不管怎样，母亲都不是那么容易起身。

为丈夫祈求完，母亲会松开背带，将背上的孩子转到身前，再抱着他走上拜殿。"乖孩子，在这里稍等一下。"她一定是这么说着，以自己的脸颊摩挲孩子的脸颊，然后放长背带，一端绑在孩子身上，一端绑在拜殿栏杆上。她则走下阶梯，在先前经过的三十多米石子路上来回奔跑百次，好完成百次祈愿。

黑暗中，绑在拜殿上的孩子有时会在背带所及范围内的檐廊上爬行。对母亲来说，这是最轻松的夜晚。要是被绑在那里的孩子啼哭起来，母亲怎么也无法放心，只能非常快速地跑完一百趟，跑得上气不接下气。或是无奈地半途放弃，先上拜殿安抚孩子，再重新跑完一百趟。

不晓得有多少个夜晚，母亲都像这样忧心忡忡，无法入睡，担心着父亲的安危，殊不知他早就成为浪人而被杀死了。

这么悲伤的故事，是梦中母亲告诉我的。

第十夜

阿健来通知我，说庄太郎被女人带走后，第七天晚上忽然回家了。一回家就发烧，卧床不起。

庄太郎是镇上第一美男子，也是极为善良正直的好人。只是他有个嗜好，一到傍晚便会戴上巴拿马帽，坐在水果行前看经过的女人，频频赞叹。除此之外，庄太郎倒也没什么值得一提的特色。

没多少女人经过时，他就不看行人，看起水果来。店头有各种水果，水蜜桃、苹果、枇杷、香蕉等等，漂亮地盛放在篮子里。为了让人随时能买去送礼，店头的水果排成了两列。庄太郎总是瞅着篮子里的水果称赞好看，说如果做生意就要开水果行。说归说，他还是只会戴着巴拿马帽游手好闲。

他也会说些"这颜色不错"等话语，品评夏天的蜜柑。不过，从没见过他掏钱买水果。免费请他也不吃，就只是赞美着水果的颜色。

有天傍晚，店里忽然来了一个女人。从体面的服饰看来，应该是有身份地位的人。庄太郎十分欣赏她衣服的颜色，更令他赞叹的是女人的长相。他恭谨脱下珍爱的帽子，彬彬有礼地寒暄，女人指着最大一篮水果，说："请给我这个。"庄太郎立刻为她拿下那篮水果。不料，女人提了一提就说"这太重了"。

庄太郎本就闲来无事，再加上他是个很有男子气概的人，便说"不然我帮你提回府上吧"。他就这么和女人一起走出水果行，一去不回。

即使是庄太郎，这未免也太随便了。此事非同小可，在亲戚朋友之间引起一场骚动。到了第七天晚上，庄太郎毫无预警地回来。众人赶到他家，问他究竟上哪儿去了，庄太郎竟回答，是搭电车上山去了。

他们肯定搭了很久的电车。根据庄太郎的说法，下了电车之后，两人很快走到一处草原。那是一片非常辽阔的草原，不管怎么四下张望，都只看得见蔓生的青草。庄太郎和女人一起走在草原上，眼前忽然出现悬崖峭壁。女人对他说，你从这里跳下去看看。庄太郎往下窥探，虽然看得到崖壁，却看不到崖底。庄太郎又脱下帽子，再三拒绝。于是女人说，你如果不豁出去往下跳，就要被猪舔，你喜欢被猪舔吗？庄太郎最讨厌猪和云右卫门[1]。可是，毕竟生命无价，他仍拒绝往下跳。就在这时，一只猪狗狗叫着出现。无可奈何，庄太郎只好拿手边槟榔树做的细手杖击打猪的鼻头。只见猪哀嚎一声，打了个滚，掉到悬崖下去了。庄太郎松一口气，不料另一只猪试图用它的大鼻子往庄太郎身上蹭，庄太郎只得再次举起手杖。于是猪哀嚎一声，头上脚下地滚落崖底，然后又出现一只猪。此时，庄太郎往对面一看才发现，远方草地的尽头，数不清几万只猪在狗狗鸣叫，成群朝悬崖上的庄太郎直线冲上来。庄太郎打从心底感到恐惧，但也没有办法，只能用槟榔树手杖逐一击打眼前猪的鼻头。不可思议的是，手杖一触碰到猪的

---

[1] 桃中轩云右卫门（1873—1916），日本的浪曲师。

鼻头，它们立刻就会滚落崖底。往底下窥望，头上脚下的猪正排队轮流往看不见的崖底摔。一想到击落了这么多的猪，庄太郎不禁觉得自己很可怕。然而，数不清的猪依然訇訇叫着，仿佛长了脚的黑云，接二连三以踩平草地的气势冲上来。

庄太郎拼命鼓起勇气，整整七天六夜不断击打猪的鼻头。尽管如此，他终究筋疲力尽，手像魔芋一样疲软，最后还是被猪舔了，倒在悬崖边。

庄太郎的事，阿健就讲到这里，然后下了个"所以不要老是看女人比较好"的结论。我认为他的话很有道理，不过，阿健却说想要庄太郎那顶巴拿马帽。

我想庄太郎是救不活了，那顶帽子总归会是阿健的。

原作连载于《朝日新闻》，1908 年 7 月 25 日至 8 月 5 日

伦敦塔

留学的两年之间,我只参观过伦敦塔一次。之后想过要再去,最后还是放弃。有人邀我同行,但我拒绝了。若是再去第二次,破坏了曾经获得的记忆,未免太可惜;去了第三次而洗掉第一次的记忆,则更是遗憾。我认为,参观"塔"最好只限一次。

我抵达伦敦不久就去了。当时连东南西北都分不清楚,更何况是原本就不熟悉地理位置的地方。我的心情像一只忽然从御殿场被丢到日本桥正中央的兔子,担心出门会被人潮冲走,回到家又担心火车会不会冲进家里,朝夕不得安稳。一想到要在这杂沓、这人群之中住上两年,恐怕我的神经纤维都要像泡在锅里的鹿角菜一样软烂不堪了,于是我恍然大悟,原来马克斯·诺尔道的退化论才是真理。

再说,我和其他带着推荐函留学的日本人不一样,没有可以投靠的地方,自然也没有故旧,每天外出参观或办事时,只能忐忑不安地凭着一张地图摸索。我不搭火车,也无法乘马车,偶尔使用交通工具时,连自己会被带往何方都不确定。尽管在这广大的伦敦,火车、马车和电车铁道四通八达,复杂有如蜘蛛网,我却无法享受便利。逼不得已,每碰到十字路口我就摊开地图,在行经身旁的路人推挤中找寻该走的方向。看不懂地图时问人,要是问了行人也不懂,就找巡逻的警察。万一连找过警察都去不了,便再找其他人问,逢人就拦下来,问到有人知道为止。就像这样,好不容易才抵达目的地。

去参观"塔"时,应该还在不用这种方法就无法外出的时期。正如有句禅语:"来时无迹去无踪。"我完全不知道是走哪条路抵达"塔",又是穿过哪些城区回到住处。无论如何都回想不起来,唯一能确定的是,我确实参观过"塔"。"塔"本身的景象,至今依然历历在目。即使问我之前发生了什么,我也会不知所措;若是问我之后的事,更是穷于应答。唯有介于忘却与失落之间的那段空隙,清楚明白得不由分说,仿佛一道撕裂黑暗的闪电落在眼前,照亮一切又消失。当时的伦敦塔,宛如前世梦中的一个焦点。

伦敦塔的历史,可视为英国历史的浓缩。就像一幅遮蔽过往怪物的帷幕自行裂开,透出龛中的一缕幽光,朝二十世纪映照出这座伦敦塔。又或者,可将伦敦塔视为埋葬一切的时光洪流中,一块逆向漂流至现代的古代碎片。人的血、肉与罪愆,形成结晶,遗落在车马铁道之间,这也是伦敦塔。

站在塔桥上，隔着泰晤士河眺望伦敦塔时，我专注到忘了自己究竟是现代人还是古代人，甚至忘了自己是谁。虽然时值初冬，那是个风平浪静的日子。天空的颜色像搅拌过的碱水，天幕低垂至塔的上方。墙上的灰泥仿佛融入泰晤士河，无声无波的河水看似勉强流动。一艘帆船朝塔的下方滑行，毕竟是在无风的河面上操纵船只，如白色翅膀般不规则的三角形船帆，老是在相同地方打转。两艘较大的接驳船逆流而上。只有一名船夫站在船尾划桨，船身几乎一动也不动。塔桥栏杆附近有白影若隐若现，想来是海鸥。放眼望去，万物皆笼罩在静谧之中。看似慵懒又似沉睡，感觉一切都属往昔。伦敦塔便在这氛围当中傲然矗立，蔑视二十世纪。火车通行了，电车也通行了，伦敦塔始终站在那里，像是在说历史有多长，它就站在这里多久。我这才惊觉它的伟大。习惯上称这座建筑为"塔"，只是方便的称呼，其实伦敦塔是由许多堡垒与城楼组成的广大区域。高耸的城楼或圆或方，各种造型都有，共通处是全覆上一层死气沉沉的灰色，仿佛誓言纪念上一世纪漫长的年月。我依然眺望着，站在饱含灰褐色水分的空气中，出神眺望。二十世纪的伦敦从我心底逐渐消失，同时，眼前的塔影则在脑中描绘起过去幻影般的历史。感觉就像晨起喝的那杯苦涩的热茶，袅袅蒸汽犹如没睡饱的梦境，拖着未完的尾声。就这样站了一会儿，蓦地疑心起对岸正伸来一只长长的手，试图引我走去。原本一直伫立不动的我，忽然兴起渡河走向伦敦塔的念头。那只手拉我拉得更猛了,我立刻迈开脚步,横渡塔桥。那只手不断用力拉扯,我才刚渡过塔桥,一转眼又奔到塔门前。我像是一片浮游现世的小铁屑,瞬间被名为"过去"的三万余坪[1]巨大磁铁吸引。走进塔门时,我回头一看——

> 想前往忧患之国的人啊,穿过此门吧。
> 想承受光阴苛责的人啊,穿过此门吧。
> 想与肇事之徒为伍的人啊,穿过此门吧。
> 正义带动了造物主,神威与最高的智慧及最初的爱创造了我们。
> 我眼前无一物,唯有无穷,我将遁入无穷境地。
> 想穿过此门的人啊,抛弃所有希望吧。

几乎要以为眼前的哪里镌刻了这样的字句,当时的我,肯定处于失常的状态。

渡过架在空壕上的石桥,对面还有一座塔。两座塔状似圆形的石制油槽,宛如巨人的门柱般屹立左右。从中间成排的建筑底下穿过,走向另一侧。这里就是所谓的中塔。往前走一会儿,左手边矗立着钟塔。当发现手持铁盾、身穿漆黑铁甲的敌人,宛如一片笼罩原野的秋日热浪般逼近时,塔上

---

[1] 土地面积单位,1 坪约为 3.3 平方米。——编者注

的钟必将敲响示警。当月黑风高的夜晚,哨兵巡逻城墙之际,趁隙脱逃的囚人身影从斜立的火把下往黑暗中消失时,塔上的钟声也必将响起。又或者,当反对君王恶政的心高气傲的市民,如蚁群般齐聚塔下暴动时,塔上亦响起钟声。塔上的钟遇事必鸣,钟声只为一件事响起,祖来时为杀祖而鸣,佛来时为杀佛而鸣。那个在霜朝雪夕、雨日风夜无一不响的塔钟,如今安在?我抬头仰望爬满藤蔓的老城楼,只见一片寂然,不闻百年钟声。

再往前走一点,右边即是叛徒之门,门上耸立圣托马斯之塔。叛徒之门,光闻其名已令人战栗。古来多少葬身塔中的罪人,皆乘小船通过这道水门送入塔中。一旦他们将小船抛在身后,穿过这道门,人世间的太阳就再也照不到他们身上。之于他们,泰晤士河就是黄泉,这座水门就是通往冥府的入口。他们乘坐的小船在泪水汇聚而成的波浪中摇晃,通过俨然洞窟的阴暗拱桥下,一道厚重的樫木门在吱呀声中打开,就像鲸鱼张嘴吸入成群的沙丁鱼,将它们吞噬。门一关上,他们便被长久地阻绝于尘世浮光之外,随命运成为恶鬼的食粮,不知道自己会在明天被吃掉,还是后天被吃掉。又或者,那一天在十年后才会到来?答案只有恶鬼才知道。罪人坐在横泊于门旁的小舟中,一路上的心情究竟如何?每当船桨划动、水滴溅上船缘,或是船夫的手一动,对他们而言,或许就像生命又被削去一些。一把白胡垂在胸口,身穿宽松黑色僧袍的人踉跄着下船。他是克兰麦[1]大主教。青色头巾几乎覆盖眼睛，将锁子甲穿在天蓝色绢袍下的高大男人约莫是怀亚特，只见他连声招呼也不打，兀自从船舷跳上岸。戴着插上华丽羽毛装饰的帽子，左手握着黄金刀柄，踩着银色扣环装饰的鞋子，轻轻跳上石阶的则大概是雷利[2]。我朝昏暗的拱桥下方窥探，伸长脖子试图看见拍上对岸石阶的波光。然而，那里没有水，自从防波堤建设竣工，叛徒之门再也无缘得见泰晤士河之水。昔日的叛徒之门曾吞噬数不清的罪人，吐出数不清的押送船，如今徒留形式，再也听不到过去洗刷它脚下的潺潺水声，只剩对侧血腥塔墙上高悬的巨大铁环。据说，那是从前用来让小船系缆绳用的。

往左转，进入血腥塔大门。在昔日的玫瑰战争[3]中，这座塔幽禁过数不清的人。人命如草芥，被大片大片铲除；人命又如鸡，被毫不留情压榨。横陈的尸体像晒干的鲑鱼般堆积塔中，难怪会命名为"血腥塔"。拱桥下有座像岗哨的亭子，一旁站着戴上盔形帽子的荷枪卫兵。尽管表情严肃，他一脸就写着"恨不得早点交班"，好到常去的酒馆喝两杯，一如往常

---

1 托马斯·克兰麦（Thomas Cranmer，1489—1556），第六十九任坎特伯雷大主教，英国宗教改革领导人物，后遭玛丽一世处死。
2 沃尔特·雷利（Walter Raleigh，1554—1618），英国冒险家、作家、诗人，拥有多种身份的全才。
3 1455年至1485年间，兰开斯特家族和约克家族为争英国王位引发的内战。

地调戏情妇，寻欢作乐。厚实的塔壁以不规则石块叠成，表面绝对称不上光滑，随处可见藤蔓纠缠。高处有窗，或许建筑物太高大，从下方望上去，窗户显得很小，看似镶嵌着铁窗。卫兵虽然仿若石像直立在旁，内心肯定打着与情妇幽会的主意，我站在他身边，皱着眉头，举起手遮挡阳光，仰望高塔上的小窗。微弱日光映上铁窗后的古老彩绘玻璃，反射出闪耀的光芒。很快地，掀起宛如烟雾的序幕，幻想的舞台历历在目。窗内垂挂着厚重帘幕，连白天都几乎阴暗无光。面对窗户的墙面并未上漆，赤裸的石块砌起与邻室之间，那道仿佛连世界末日降临都不会崩坍的隔阂。六张榻榻米大的墙面中央，挂着一张褪色的缂织挂毯。深青的底色上，以浅黄色织出裸体女神的图样，女神四周则染上一整面的藤蔓图案。石墙旁摆着一张大床，以厚实樫木制成的雕花木床，只在手足得以触摸之处，深深镂刻上镂空的葡萄、葡萄藤与葡萄叶，光线就从这里反射。看得见床角有两个小孩，一人约莫十三四岁，另一人则是十岁左右。年纪小的那个坐在床上，半身倚靠着床柱，双腿无力垂落床边。右手肘和半歪的头挂在年纪较大的孩子肩上。年纪较大的孩子把一本有金属装饰的大书摊在腿上，右手放在打开的书页上。他美丽的手像是柔软的象牙。两人都穿着比乌鸦还黑的上衣，将白皙的肤色衬托得更加醒目。两人无论是发色、眼珠的颜色或眉眼鼻头的长相，甚至是服装细节，几乎都一模一样，大概是兄弟吧。

哥哥以温柔清朗的嗓音朗读腿上的书。

"愿神赐福,赐福眼见我死时形貌之人。我日夜祈祷,只愿死亡早日降临。即将前往神前的我已无所惧……"

弟弟怜悯地说"阿门",就在此时,远处吹来一阵秋末冬初之风。风声隆隆,几乎要吹垮高耸的塔墙。弟弟身子一缩,把脸埋进哥哥肩头。白雪般的棉被一角再次鼓起,哥哥重新朗读起书本的内容。

"若是早晨,但愿入夜前死。若是夜晚,便不求还有明日。决心诚可贵,贪生怕死最为耻……"

弟弟又说"阿门",声音微微颤抖。哥哥静静合上书本,走向那扇小窗,试图朝窗外望去,却因身高不足无法如愿。只见他搬来一张折凳,踮脚踩上去。绵延百里的黑雾深处,冬日阳光若隐若现,天空仿佛被屠杀犬只时流出的鲜血染红。哥哥一边说"今天太阳又这样下山了呢",一边回头望向弟弟。弟弟只应一句"好冷"。哥哥喃喃自语"要是能够保留这条命,就把王位让给叔父吧",弟弟只说"好想母亲大人"。这时明明没有风,对面的缂织挂毯上,裸体的女神图样却微微飘动两三下。

舞台倏地旋转,定睛一看,场景是一名身穿黑色丧服的女人,悄悄站在塔门前。面容固然消瘦憔悴,依然看得出是位气质高贵的夫人。不久,传来一阵开锁声,塔门打开,走出一个男人,向女人恭敬行礼。

"还是不允许会面吗?"女人问。

"不行。"男人同情地回答,"虽然想过安排你们会面,但这样违背公门的规矩,就算我十分乐意卖个人情,还是要请你放弃。"说到这里,他忽然噤口不语,左顾右盼。壕里的鹛鹛轻巧地浮上水面。

女人解开脖子上的金项链,交给男人:"求你了,只见短短一面就好。若连女人的请求也不答应,未免太冷酷无情。"

男人把项链缠绕在手指上,沉吟了一会儿。鹛鹛又忽地沉了下去。很快地,男人把金项链退还给女人,一边说:"身为狱卒不好破坏牢狱的规定。你的孩子平安无事,过着安稳的日子,你就放心回去吧。"女人动也不动,项链掉在路石上,发出锵然声响。

"无论如何都无法见到面吗?"女人问。

"很遗憾。"狱卒冷冷回应。

"塔影深浓,塔壁坚固,塔里的人冷酷。"说着,女人嘤嘤哭泣。

舞台再次转换场景。

一袭黑衣的高挑身影,站在中庭一隅,像是刚从长满寒苔的石壁中,悄无声息地穿透而出。黑影伫立在夜气与雾气的交界处,朦胧的视线环顾四周。过了不久,另一个同样身着黑衣的影子从阴暗处冒出。高个子仰望高挂城楼一角的星影,喃喃低语"天黑了",另一人说"无法在白天的世界露脸呢"。

"虽然杀过许多人,还真没干过像今天这么良心不安的事。"高个子对矮个子这么说,矮个子也坦言:"躲在挂毯后面听那两人说话时,真想干脆打道回府。"

"勒下去时,他的嘴唇抖得像花瓣。""苍白的额头皮肤都浮出紫色青筋了。""那呻吟仿佛还萦绕在耳边……"黑影再次渗入黑夜时,城楼上的时钟嘎嘎作响。

幻影随时钟的声响破灭。原本像尊石像站立的卫兵肩上扛着枪,开始在石头路上巡行。大概一边走着,一边想象自己挽着情妇的手散步吧。

从血腥塔下方穿过,走到对面美丽的广场上。广场中央略为高起,上面立着一座白塔。众多塔中,这是最古老的一座,从前曾是天守塔。长约三十六米,宽约三十二米,高度二十七米左右,墙壁厚度超过四米,四个角落各设有角楼,随处可见诺曼底时代留下的枪眼。公元一三九九年,理查二世正是在这座塔中遭人民列举三十三条罪状,被迫让位。在这里,他站在僧侣、贵族、武士、法师等人面前宣布退位。当时继位的亨利四世站起来,在额头与胸前画着十字说:"以父、子与圣灵之名,我亨利在此秉持正统血脉,承蒙吾神护佑,接受敬爱友人的支援,承袭大英帝国之王冠与国土。"此后先王的命运如何,几乎无人知晓。遗体从庞蒂弗拉克特城堡运抵圣保罗大教堂时,两万多名群众无不为那瘦骨嶙峋的遗容惊诧。有人说,当八名刺客包围理查二世时,他从一人手中夺下斧头，斩死一人，打倒另外两人。即使如此，仍不敌艾克斯顿从背后下手的一击，终于含恨身亡，也有人抬头大喊"不是的，不是的，理查是绝食自尽"。无论哪一种都不算善终，帝王的历史俨然悲惨的历史。

楼下的一间房，便是传闻中幽禁沃尔特·雷利的地方，他也在这里起草《世界史》(*The Historie of the World*)。我试着想象身穿伊丽莎白时代的短裤，将丝绢长袜固定在膝头，右脚放在左脚上，手持鹅毛笔的他歪着头思考，然后在纸上奋笔疾书的模样。可惜，我无法参观那个房间。

走入南侧，爬上回旋阶梯后，就来到著名的武器陈列场。这些武器看来仍不时有人保养，每一把都闪闪发亮。有些在日本时，只在历史书籍或小说中看过的武器，过去始终难以想象，这次总算弄明白，内心不由得一阵欣喜。可惜高兴也只是一时，现在回想起来又全忘光了，最后还是一样。唯一留在记忆中的只有甲胄。还记得其中最华丽的，是亨利六世穿过的一袭甲胄，整体以钢铁制成，表面随处镶嵌装饰。最令我吃惊的是，他的身材非常高大。从挂在那里的甲胄看来，能穿上这套甲胄的人，至少得是身高两米的彪形大汉。我佩服地望着甲胄时，听见一阵脚步声朝身旁走来。回头一看，原来是"Beefeater"。听到 Beefeater，或许会有人误以为是一直在吃牛肉的人，其实不是这样的。Beefeater 是伦敦塔上卫士的别称，头上戴着像被压扁的丝绢帽，身上穿着像美术学校学生的制服,袖口束起,系着腰带。制服上也有图案,那图案很像虾夷人[1]穿的半缠棉袄上常见的方形线条。他们有时会佩枪,是有如《三国志》中出现的那种长枪,枪柄上还垂着流苏。其中一名卫士走到我身后停下,身高并不算高,还有点胖,蓄着茂盛的白胡须。"你是日本人吧?"他微笑着问。我总觉得自己并非在和现代的英国人对话。如果不是他正好从三四百年前的古代现身,就是我突然窥见三四百年前的时空。我沉默不语,轻轻点头。对方要我跟着他走,我便尾随上前。他指向日本制的古老铠甲,以眼神示意"看到了吗?",我再次点头。卫士向我说明,那是蒙古人献给查理二世的东西。我第三次点头。

出了白塔,我走向博尚塔。半路上看见成排的大炮,前方以铁栏杆围住,链条上挂着牌子。仔细一看,原来这里是处刑场的遗址。一般人被关两三年已够久了,试想一个被关在不见天日之处长达十年的人,久违地来到户外仰望蓝天,来不及高兴,缭乱不定的双眼看见的,便是森白斧头横过三尺[2]高空的画面。就算人还活着,身上的血也变得冰冷。一只乌鸦飞下,收起黑色翅膀,噘着黑色嘴喙,傲视人类。感觉就像百年碧血之恨,化为一羽长久守护这不祥之地的乌鸦。风吹得榆树沙沙晃动,定睛一瞧,树上也有乌鸦。过了一会儿,又飞来

---

[1] 日本最早的原住民。
[2] 1尺约33厘米,1丈约3.3米。——编者注

一只,不知是从哪里飞来。一旁,一个带着七岁左右男孩的年轻女人,望着乌鸦。

希腊特征的鼻子,眼睛像是熔化的珍珠,雪白颈项的曲线,令我暗自心动。男孩抬头对女人说"有乌鸦,有乌鸦",似乎颇为好奇。接着,男孩又说"乌鸦看起来好冷,给它吃点面包吧",女人平静地回答"那些乌鸦什么都不想吃"。男孩问"为什么?",女人只是用长长睫毛下那水汪汪的眼睛凝视乌鸦,答非所问:"那些乌鸦应该有五只。"她似乎心无旁骛,兀自思考着什么。我怀疑女人和乌鸦之间有不可思议的因缘牵绊,毕竟她说得像是完全明白乌鸦的心情。明明只有三只乌鸦,她却断言有五只。不过,我还是抛下令人狐疑的女人,独自走入博尚塔。

伦敦塔的历史有多长,博尚塔的历史就有多长。博尚塔的历史是悲怆心酸的历史。每个人走进这座由爱德华三世在十四世纪后半建设的三层塔,踏入一楼房间时,肯定瞬间就能看到,墙上那宛如百年遗恨形成的无数结晶留下的纪念物。所有的怨恨,所有的愤怒,所有的忧愁悲伤和所有的怨怼不满,以及忧愁悲伤到极点萌生的慰藉,尽皆化成墙上的九十一首题诗,至今仍令观者不寒而栗。以冰冷的铁笔雕在无情墙上的,是自己的不幸与业报。将这些文字刻在这方天地之间的人,已葬身于名为"过去"的谷底,徒留墙上空虚的文字,永恒凝望娑婆世界之光,叫人怀疑他们是否遭到自己愚弄。这世界上有种话叫"反话",嘴上说白色,其实指黑色;嘴上歌颂小,其实思念大。所有反话中,没有什么比在不知情的状态下流传后世的话语更强烈。举凡墓志铭、纪念碑、奖牌或勋章,这些东西不过是供人对着空虚的物质,缅怀昔日世界罢了。当我们离世之时,以为自己留下传世之物,其实留下的不过是用来凭吊我们的媒介。刻在那上面的,只不过是遗忘我们本身意志的人留下的话。任由那样的反话流传后世,是死后还受嘲笑的人做的事。我打算死时绝不做辞世之句,死后也不要建墓碑,只盼肉身烧尽,白骨成灰,撒向天空随强劲西风飘散,不必做无谓之事。

题诗的字体不一。有的看似为了消磨时间,工整刻下楷书。有的是性急又不甘地在墙上潦草刻下的草书。也有人先刻下家徽图样,再将古雅字体刻入其中,或者先画出盾形,再将难以读解的文字刻入内部。一如相异的字体,语言种类也不尽相同。英语就不用说了,还看得到意大利语与拉丁语的题诗。左侧刻着"基督乃吾之希望",这是一个叫帕斯里乌的男子留下的字句。帕斯里乌于公元1537年遭斩首。一旁还有JOHAN DECKER的署名,但这个DECKER是谁我不知道。沿着阶梯上楼,门口有T. C.的署名,这也只有缩写,无从得知是谁的名字。稍远处刻着密密麻麻的一大堆东西。首先,最右侧刻着一个以心脏图样装饰的十字架,旁边刻的是骷髅与家徽。再往前走一点刻着盾牌,可看到其中刻入某些字句。

"命运使空虚的我诉诸无情之风。摧毁光阴吧。哀怜我星,勿追随我身",接下来是"敬众人,怜众生,畏惧神,尊敬王"。

我一边看,一边想象写下这些语句的人内心的想法。若问世上什么最痛苦,恐怕没有比无事可做更痛苦,也没有什么比思考内容毫无变化更痛苦。最重要的是,没有什么比身体自由受到束缚,无可动弹更痛苦。活着就是活动,明明活着,却被剥夺身体活动的自由,这是与生命遭到剥夺同样痛苦的事。光是对此有所自觉,活着就比死还要痛苦。在这面墙上刻画字句的人,都承受了比死还要痛苦的滋味。只要还能忍耐、还能承受,就能跟这样的痛苦搏斗,直到终于坐立难安,才开始用弯折的钉子或指甲,在无事可做的日子里找些事情做,在太平之中宣泄不平,在平地上刻画出汹涌波涛。他们题下的一字一句、一笔一画,都是用尽哭号涕泪及其他所有出于自然的排解烦闷手段后,依然无法得到满足之余,基于本能而不得不为的结果。

我再次想象,人只要一诞生,就必须活下去。不是恐惧死亡,而是非得活下去不可。非活不可的道理早于耶稣、孔子,也一直延续到耶稣、孔子之后,所有人都非得活下去不可。即使是被关进这座牢狱的人,同样必须遵循这个真理。然而,死亡的命运也近在他们眼前。该怎么延续生命,成为他们心中无时无刻不涌现的疑问。一旦进了这里唯有一死,能活着重见天日的,千人里只有一人。他们迟早非死不可。可是,这条纵贯古今的真理却教他们"活下去，无论如何都要活下去"。他们只得将指甲磨利，用尖锐的指尖在坚硬的墙上写个"一"。写了"一"之后，真理依然如故，在他们耳边低喃"活下去，无论如何都要活下去"。于是，他们等待剥落的指甲愈合，再次写个"二"。做好明天就会被斧头砍得血肉模糊、骨头碎裂的心理准备，他们在冰冷的墙上写了一又写了二，画下线条又刻了字，祈求生命得以延续。墙上残留的纵横伤口，是一心求生之人的魂魄。当想象到这里时，我甚至感觉室内的寒气全部经由背上的毛孔灌入体内，不由得毛骨悚然。怀着这样的心情，墙壁看起来似乎有些潮湿。试着伸出手指抚摸，滑过指尖的是湿黏的水珠。查看指头，竟是一片鲜红。水珠从墙角啪嗒啪嗒滴落，地上的水渍相连，形成不规则的红色图样，叫人以为是从十六世纪渗出的血。我仿佛听见墙壁后方传来呻吟，声音愈来愈近，变化成夜晚流泻的凄厉歌声。由此处通往地下的洞穴里有两个人。来自鬼魂国度的风，穿过石墙上的破洞，吹旺了小煤油灯里的火。于是，原本昏暗的室内天花板，四个角落看似随着煤灰色的油烟晃动。那隐约可闻的歌声，肯定来自地窖里的其中一人。唱歌的人高举手臂，大大的斧头抵在辘轳的磨刀石上，拼命磨亮斧头。一旁还丢着一把斧头，阴风吹得斧刃闪闪发光。另一人双手交抱，站在那里注视转动的磨刀石，煤油灯光照亮胡须底下的半张脸。火光中，那半张脸就像沾满泥土的胡萝卜。"每天都有人被船送来，刽子手真是生意兴隆。"大胡子这么说。"是啊,光是磨斧头就快累死了。"唱歌的人这么回答,他是个子不高,眼窝凹陷的黝黑男人。"昨天那个长得很美啊。"大胡子惋惜地说。"不,那女人虽然长得美,脖子却硬得不像话。拜她之赐,斧头都砍出缺口了。"他猛地转动辘轳,磨刀石与斧刃之间刺刺冒出火花,将斧头磨亮——磨刀手放声高歌:

"原本该是砍不断的哟,女人的颈子是对恋情的怨恨,连刀刃也为之断折。"

除了刺刺声外,听不到其他声音。风吹亮了煤油灯里的火光,照在磨刀手的右颊,宛如朱漆泼在煤炭上。过了一会儿,大胡子问:"明天轮到谁?"磨刀手满不在乎地回答:"明天轮到那个老太婆啦。"

"长出的白发,染上风流的颜色,要是骨头被斩了,就用鲜血染红。"

他拔高了声音这么唱着,一边转动吱吱作响的辘轳,斧头发光,迸出火花。

"啊哈哈哈,应该差不多了吧。"磨刀手就着火光高举斧头,检查斧刃。"老太婆的下一个轮到谁?"大胡子又问,磨刀手回答:"再来就轮到上次那家伙了。""好惨,就要轮到他啦?真可怜。"大胡子应道,磨刀手看着黑漆漆的天花板,仍满不在乎地说:"哪有什么可怜?这也是没办法的事。"

随后,地窖、刽子手和煤油灯一起消失,再度回到博尚塔中的我茫然伫立。回过神时,忽然发现刚才说想喂乌鸦面包的男孩站在一旁。那个令我起疑的女人也依然待在他身边。男孩看着墙上,讶异地说:"那里有狗。"女人照例用那宛如过去的化身般斩钉截铁的语气说:

"那不是狗。左边是熊,右边是狮子,这是达德利家族的家徽。"事实上,就连我也以为那是狗或猪,听了她的说明后,我更加认为这个女人不可思议。仔细想想,刚才她提到达德利家族时,语气中有股难以言喻的力道,像是报上自己家族的名号。我屏气凝神,注视着两人。

"刻下这家徽的人是约翰·达德利[1]。"女人继续说明,这时的语气又仿佛提及自己的兄弟亲人。"约翰家有四兄弟,从刻画在熊与狮子周围的花草图样可辨识出他们。"定睛一看,果然如此,四种不同的花草围绕着熊与狮子雕刻,构成油画框般的形状。"这里刻的是 Acorns(橡果),代表 Ambrose(安布罗斯)。这里刻的是 Rose(玫瑰),代表 Robert(罗伯特)。下方刻的是忍冬,对吧?忍冬是 Honeysuckle,所以指的是 Henry(亨利)。左上角那块描绘着 Geranium(天竺葵),指的就是 G……"说到这里,女人忽然沉默。仔细一看,她珊瑚色的嘴唇像遭电击似的微微颤抖,又像蝮蛇对老鼠吐出的舌

---

[1] 约翰·达德利(John Dudley,1502—1553),第一任诺森伯兰公爵。设计使儿媳妇简·格雷(Lady Jane Grey)登上王位,导致简被处死。后文提到的吉尔福德·达德利(Guildford Dudley)是他的儿子。

尖。过了一会儿，女人朗诵起家徽下的题诗：

> Yow that the beasts do wel behold and se,
> May deme with ease wherefore here made they be
> Withe borders wherein...
> 4 brothers' names who list to serche the grovnd.

女人朗读这段诗句的语气，仿佛这是自出生至今的日课。老实说，刻在墙上的字甚难辨识，以我的程度，歪着头看了半天也读不出一个字。我愈来愈觉得这女人必有蹊跷。

感到诡异的我越过他们身边，从墙上有枪眼的转角走出去。就在此时，那些错综复杂的图案与文字中，浮现一个以正确笔画清楚写下的小小名字——"简"。我情不自禁站在那个名字前面。只要读过英国历史，没有人不知道谁是简·格雷。由于公公与丈夫的野心，无辜的简只在人世间活过十八个春秋，就面临处刑的命运。留下的一缕幽香，比风雨蹂躏过的蔷薇香气更难消散，至今仍令钻研历史的人对她好奇不已。连曾解读希腊碑文的学者阿谢姆，也为她的故事惊叹。不少人对这位富有诗意的人物发挥想象力时，肯定也对这桩逸事留下了深刻的印象吧。我在简的名字前驻足不去，与其说是不想动，不如说是动不了。幻想的序幕已然升起。

刚开始，四周朦胧得看不见东西。慢慢地，黑暗中的一点亮起了火光。火光渐渐扩大,隐约看得出其中有人在动。类似调整望远镜的镜头,眼前的画面逐渐鲜明,终于能够看清。接着,景色一点一滴放大,由远而近。我凝神细看,画面正中央坐着一个年轻女人,右侧应是站着一个男人。正当我心想,这两人都似曾相识时,一眨眼,他们已近在离我十米左右的地方。男人是那个在地窖里唱歌,有着凹陷眼窝与黝黑肤色的矮个子。只见他左手提着磨好的斧头,腰间还挂着一把八寸短刀,我不由得紧张起来。女人被白色手巾蒙住双眼,看似在摸索找寻断头台。断头台的大小与日本劈柴用的砧板差不多,前方镶有一铁环。台前铺着稻草,约莫是为了防止砍头后血流满地。另有两三名女子靠在后方墙上哭得全身瘫软,或许是女人的侍女吧。穿白色翻领长袍的教士,低头引导女人往断头台前进。女人一身雪白衣饰,及肩的金发如流云。看到她的长相,我忍不住大吃一惊。尽管看不到她眼睛,但那眉形、细长的脸形、柔美的颈项,都和刚才见过的那个女人如出一辙。我情不自禁想上前,双腿却兀自退缩,一步也无法踏出。女人好不容易找到断头台,将双手放在上面,嘴唇翕动,和刚才为小男孩说明达德利家族的家徽时一模一样。很快地,她微微低下头,一缕发丝从肩头落下,轻轻摇晃。我听见她说:"我的丈夫,吉尔福德·达德利,已前往神之国度了吗?""我不知道。"教士回答,接着又问,"你还不打算走上正途吗?"女人坚毅地应道:"我与丈夫坚信的道路就是正途,你们才是误入歧途的迷途之人。"教士不再多说什么，重拾了几分冷静的女人说："若我的丈夫走了，我便追随而去。若他还在后，我也会邀他一起踏上正途，共赴正义的神之国度。"语毕，她就像人头落地般，兀自将头垂在断头台上。眼窝凹陷、肤色黝黑的矮个子刽子手，重新举起沉重的斧头。以为几滴鲜血将溅上我的裤子时，一切光景又倏地消失。

环顾四周，怎么也找不到那个带着小男孩的女人。感觉就像遇上了狐仙，我一脸茫然地走出塔外。回程再次行经钟塔下方，刹那之间，恍若闪电划过天际，高处的窗口闪过盖伊·福克斯[1]的脸孔，我甚至听见"要是再早一小时多好……这三根火柴没能派上用场，真是太可惜了"的话声。虽然连自己都觉得这一切有些不正常，但也差不多该离开这座塔了。渡过塔桥，回头一看，也许是北方国家常见的天气，不知何时竟下起雨。细雨有如针孔筛出的糠粒，融入整个都市的尘沙与煤烟中。天地笼罩在一片朦胧细雨下，伦敦塔的幢幢黑影仿佛来自地狱。

我在心醉神迷中回到住处，跟房东聊起今天参访伦敦塔的事。房东问："那里有五只乌鸦，对吧？"我内心大惊，房东难道与那女人是一路的？房东笑着说明："那乌鸦是人家奉献的。从以前到现在，伦敦塔内一直饲有乌鸦，少了一只就会

---

[1] 盖伊·福克斯（Guy Fawkes, 1570—1606），英国的天主教徒，曾参与"火药阴谋"，企图炸毁国会，暗杀国王詹姆士一世。

立刻补上，所以那里一定有五只乌鸦。"就在参观伦敦塔的当天，这番话打坏我一半的幻想。我提到墙上的题词，房东不当一回事地说："噢，你是指那里的涂鸦啊？有些人就爱干无聊事，好好一面干净的墙就这样毁了。什么犯罪者的涂鸦，这说法根本就不可靠，里面很多都是假的。"最后我谈起遇见那位美貌妇人，以及妇人吐露不少我们不知道的内容，还朗读出根本难以判读的文字，令我感到匪夷所思。房东听着，非常轻蔑地说："那是当然的啊，大家去那里之前都会先背诵历史，知道这点小事也不值一惊吧？她长得很美？伦敦多的是美女，小心点，以免招来红颜之祸。"话题被带往奇怪的方向，害我连剩下一半的想象也幻灭。这位房东肯定是二十世纪的人。

后来，我决定不再向旁人提起伦敦塔，也不再去造访。

这篇小说看似基于事实写成，其实出自想象的文字超过半数，希望读者能以此为前提阅读。关于塔的历史，有时我选择戏剧性强烈的有趣逸事加以描述，但不是很顺利，读来略感不自然，也是无可避免的事。其中，伊丽莎白（爱德华四世之妃）前往探视两名王子的场景，以及暗杀两名王子的刺客抒发心绪的场景，皆出自莎翁历史剧《理查三世》内容。莎翁从正面描写克拉伦斯公爵与在塔中遭杀害的场景，再侧写两名王子遭刺客绞杀的始末。过去读到这出戏剧时，我觉得相当有趣，这次便用相同的描述手法，依葫芦画瓢。不过，对话内容与周遭景物自然是出于我的想象，与莎翁毫无关联。另外，我想针对刽子手唱歌磨斧的情节说句话，这段完全来自安斯沃思[1]的小说《伦敦塔》(*The Tower of London*)，对此，我没有任何要求创意归属的权利。刽子手的斧头在斩首索尔兹伯里伯爵夫人时砍缺了口的描写，亦出自安斯沃思笔下。我在阅读那本书时，关于刽子手的斧头在刑场上砍到缺了口，必须重新打磨的情形，虽然只花了不到一两页的篇幅描述，我却感到非常有意思。不仅如此，一边磨刀一边满不在乎地唱起粗俗歌曲，只是十五六分钟的动作，却足以让整出戏剧灵活起来，实在耐人寻味，于是我也原封不动地承袭。不过，歌曲的意思、文句、两名刽子手的对话及地窖里的情景等，所有原作没有描写的部分，则出自我的想象。趁此机会，顺便将安斯沃思安排狱卒唱的歌词写在这里：

> The axe was sharp, and heavy as lead,
> As it touched the neck, off went the head!
> Whir—whir—whir—whir!
> Queen Anne laid her white throat upon the block,
> Quietly waiting the fatal shock;
> The axe it severed it right in twain,

---

[1] 威廉·哈里森·安斯沃思（William Harrison Ainsworth，1805—1882），英国历史小说家。

And so quick—so true—that she felt no pain.

Whir—whir—whir—whir!

Salisbury's countess, she would not die

As a proud dame should—decorously.

Lifting my axe, I split her skull,

And the edge since then has been notched and dull.

Whir—whir—whir—whir!

Queen Catherine Howard gave me a fee,

A chain of gold—to die easily:

And her costly present she did not rue,

For I touched her head, and away it flew!

Whir—whir—whir—whir!

原本想整章翻译出来,终究是无法达成,也因篇幅可能太长,最后还是决定放弃。

两名王子遭监禁的场景和简受到处刑的场景,皆从德拉罗什[1]的画中得到许多灵感,助长了我的想象,谨此表达谢意。

被小船送入塔中的因犯当中,有个叫怀亚特的,乃是著名诗人之子,也是曾为简举兵之人。由于父子同名,为了避免混淆,特此注明。关于塔中及周遭景物,本想描写得更仔细,

---

1 保罗·德拉罗什(Paul Delaroche,1797—1856),法国著名画家,画作多以历史事件为主题。——编者注

也认为这是读来自然产生身临其境之感的必要条件。不过，毕竟我参访的目的并非为了此文的写作，再加上岁月流逝，眼前无论如何也无法清楚浮现当日情景，因此可能写下不少较为主观的字句，或有令读者感到不悦之处，实出于无奈，敬请见谅。

        原作发表于《帝国文学》，1905年1月

太宰治

だざい おさむ

作者简介

太宰治（1909—1948）

出身青森县望族。最有名的作品莫过于1948年发表的《人间失格》，可谓以一生堕落放荡的生活方式来实践自身的小说风格。虽然被贴上"堕落派""无赖派"的标签，仍有如《御伽草纸》《越级申诉》般风格和"堕落"二字截然不同的作品。

鱼服记

一

本州北端有个梵珠山脉。其实,这只是一座顶多三四百米的起伏丘陵,一般地图上少有记载。据说,古时这一带是辽阔的海,源义经[1]带着家臣朝北亡命,渡船远渡虾夷之地时,船只曾行经此地。当时,他们乘坐的船撞上山脉,撞山的痕迹至今仍看得到,就在山脉中段一处隆起小山的山腹间,约一亩大小的红土山崖便是了。

那座小山被称为"马秃山"。说是从山脚下的村子仰望山崖时,山的形状就像一匹脱缰野马。事实上,更像老人的侧脸。

马秃山山阴的景色好,使得这地方愈加出名。山脚下的村子是个寒村,仅有二三十户人家。村庄一隅有条河川,只要

---

[1] 源义经(1159—1189),日本传奇英雄,平安时代末期名将。——编者注

溯河而上，约莫两里路程，就能来到马秃山的另一侧，那里有道将近十丈高的瀑布。自夏末到秋初，山中红叶生得极美。每逢这个季节，附近城镇的人便会到山中赏景玩乐，为寂静的山中平添几许喧嚣。瀑布下方甚至开了小茶馆。

今年夏天结束时，这座瀑布曾淹死过人。不是刻意跳水自杀，完全是一场意外事故。那是个皮肤白皙的城市学生，来此采集植物。由于这附近有不少罕见的羊齿植物，不时会有像这个学生一样的采集者造访。

来到瀑底，三面是高耸山壁环绕，唯独西侧开了一条窄缝，山泉就从那里的岩缝中钻流出来。由于瀑布飞溅，山壁总是湿的，上面到处生长着羊齿类植物。一年四季都可听到瀑布轰隆作响。

那个学生爬上绝壁采集植物。虽然是下午，初秋的日光仍将山壁照得相当明亮。学生爬到绝壁中段时，踩上一颗约有人头大的石头当垫脚石，却因石头崩落而跌下山崖。下坠的身体钩住绝壁上的老树枝，树枝断折，发出凄厉的声音连人一起跌入瀑底深渊。

待在瀑布附近的四五人，正巧目睹事故发生。不过，将整件事看得最清楚的，莫过于瀑布旁茶馆的十五岁女孩。

那个学生先是沉入瀑底，接着上半身跃出水面，紧闭双眼，微微张着嘴巴。蓝色衬衫破破烂烂，采集包还挂在肩上。

接着又沉入水底，再也没有上来。

二

从春伏到秋伏之际[1]，每逢天气晴朗的日子，马秃山上就会冒出几缕白烟，身在远方也能看得一清二楚。这个季节山上的树充满精气，最适合用来烧成煤炭，因而也是烧炭工匠最忙碌的时候。

马秃山上有十间左右的烧炭工房，瀑布旁也有一间。这间工房距离其他工房较远，是烧炭工匠来自外地的缘故。茶馆里的女孩是这个工匠的女儿，名唤诹访。诹访和父亲一整年都住在山中，相依为命。

诹访十三岁时，父亲在瀑布旁用圆木与竹帘盖起小茶馆，准备弹珠汽水、盐味仙贝和麦芽糖等两三种零食。

接近夏天时，山中渐渐有零星游客造访。做父亲的每天早上将那些商品装在提篮里，准备运到茶馆中贩售。诹访跟在父亲后面蹦蹦跳跳到了店里，父亲马上赶回烧炭工房，只留诹访一人顾店。一看到入山游客的身影，她就会大喊"要不要休息一下再走"，是父亲教她这么揽客的。然而，诹访动听的嗓音几乎被瀑布的轰轰声响掩盖，大部分的游客往往头也不回地走掉，茶馆经常一天都赚不到五十钱。

黄昏时，父亲带着一身煤灰从烧炭工房出来，接诹访回家。

---

[1] 指立春前18天到立秋前18天这段时间。——编者注

"卖了多少钱？"

"没半文钱。"

"这样啊，这样啊。"

父亲若无其事地喃哝，抬头仰望瀑布。接着，两人再度将商品收进提篮，回到烧炭工房。

这样的日课会一直持续到深秋霜降的季节。

即使将诹访一人留在茶馆也不用担心。她是在山中成长的野孩子，不会踩空岩石跌倒，也不会不慎掉进瀑底。遇上天气好，诹访会裸身跑到靠近瀑底的地方游泳。游着游着如果看到游客，就精神抖擞地撩起一头短发，大喊"要不要休息一下再走"。

下雨的日子，她会在茶馆角落包着草席睡午觉。一棵大樫树茂密的枝叶恰恰横越茶馆上方，形成绝佳的遮雨棚。

诹访总是望着轰轰奔流的瀑布暗想，每天落下这么多水，总有一天会落光。尽管怀抱如此期待，瀑布的形状却永远不会改变，令她满心不解。

直到最近，她产生一个新的念头。

她发现，瀑布的形状绝非始终没有改变。无论是水花飞溅的模样还是瀑布的宽度，都不断转变，叫人眼花缭乱。最后，诹访得出一个结论，瀑布不是水，而是云。看到水从瀑口落下时雪白蓬松的样子，就能察觉此事。毕竟水怎么可能这么白？诹访心想。

那天，诹访也站在瀑布旁看得出神。那是个阴天，秋风吹得她脸颊刺痛。

她想起从前的事。父亲曾抱着诹访，在看顾炭窑时给她说了个故事。主角是一对叫三郎与八郎的樵夫兄弟，某天弟弟八郎在川边抓了几只山女鱼回家，没等哥哥上山砍柴回来，就先烤一条吃。一吃之下，非常美味，于是八郎意犹未尽地吃下第二条、第三条，最后把所有的鱼都吃光。八郎口渴得要命，喝干井里的水，又跑到村子角落的河畔，喝着喝着，全身冒出鳞片。三郎赶达时，八郎已变成一条可怕的大蛇，在河里游来游去。三郎喊"八郎啊"，河里的大蛇就哭着回应"三郎啊"。哥哥站在河堤，弟弟在河里，就这样"八郎啊""三郎啊"呼唤彼此。是这么一个故事。

听到这个故事时，诹访哀伤得把父亲沾满炭灰的手指放进小嘴里，嘤嘤哭泣。从回忆中清醒，诹访眨着狐疑的眼睛，仿佛听见瀑布里传出微弱的声音，"八郎啊""三郎啊"。

父亲拨开垂落山壁的红色藤蔓走出来。

"诹访，卖了多少钱？"

诹访没有回答，用力揉了揉被瀑布溅湿而发亮的鼻头。父亲默默走进茶馆。这里离烧炭工房有三百多米，诹访与父亲踩着山路上的山白竹叶往前走。

"把店收了吧。"

父亲将右手的提篮换到左手，篮里的弹珠汽水瓶哐啷作响。

"待秋伏过后,不会再有游客入山了。"

天色将黑,耳边只有山风的呼啸声。橡树与杉树的枯叶好似雪雨,从两人身边飘落。

"爹啊。"

诹访从父亲身后呼喊。

"你活着是为了什么?"

父亲绷紧肩膀,频频窥看诹访严厉的表情,然后才喃喃低语:

"不知道啦。"

诹访啃着手中的竹叶说:

"不如死掉算了。"

父亲高高举起手,诹访以为要挨揍了。然而,父亲讷讷地放下手。他早已察觉诹访的怒气,不过,这表示诹访终于成为女人。想到这里,他才忍了下来。

"这样啊,这样啊。"听到父亲不置可否的回应,诹访顿觉愚蠢不堪,呸地吐出口中的竹叶,破口大骂:"笨蛋,笨蛋!"

三

中元节过后不久,收起茶馆,诹访最讨厌的季节就来临了。

最近,父亲每隔四五天就会背起木炭去村里兜售。其实也可请人去，但不免要付给对方十五钱或二十钱的酬劳，不算一笔小钱。他只好留下诹访一人，亲自到山脚下的村子卖炭。

天晴的日子，诹访会外出采菇。父亲烧的煤炭，一米袋顶多卖五六钱，光靠那些收入实在生活不下去。诹访采回来的菌菇，父亲也会带去村里卖。

有一种表面滑腻，状似豆子的滑菇很值钱。这种菇多半生在羊齿植物丛生的腐木上。诹访总望着腐木上的苔藓，想起唯一的朋友。她喜欢把青苔撒在装满菇类的篮子上，再带回工房。

只要木炭或菇类卖了好价钱，父亲必定会带着一身酒气回家，偶尔也会给诹访买些附有镜子的纸制钱包等礼物。

吹起西北风时，整座山都不安宁，小屋的挂帘从早到晚摇晃。那天，父亲一早就下山去村子里。

诹访在家待了一整天，难得把鬈曲的头发绑起来，再系上父亲送的波浪形发饰。接着她生起火，等父亲回家。风吹得树木沙沙作响，好几次夹杂着野兽的叫声。

入夜后风停了，天气愈来愈冷。这种莫名安静的夜晚，山里一定会发生不可思议的事。一下听见天狗砍树时，大树呀呀倒下的声响，一下仿佛听见小屋门口有谁在洗红豆。远处传来山妖的笑声，清晰可辨。

诹访等待着父亲回家。她裹着塞有稻草的棉被，在火炉旁睡着。睡得恍恍惚惚时，隐约感到有人掀开门口竹帘，窥看室内。八成是山妖吧,她佯装熟睡,默不作声。

就着炉火,蒙眬中看见白色的东西纷纷飘入门前泥地。是初雪!诹访在半梦半醒中这么想着。

传来一阵疼痛。她的身体被重重压住,同时闻到熟悉的酒气。

"笨蛋!"

诹访发出短促的叫声,在不明就里中冲出门外。

好大的风雪!雪重重打在脸上,她不由得跌坐在地。白雪转眼覆盖了头发与衣物。

诹访爬起来,喘着气向前走。狂风将衣服吹得凌乱不堪,她依然不断往前走。瀑布声愈来愈大。她一步一步往前走,手心一次又一次抹去鼻水,不知不觉间,瀑布声已在脚下。

树木在暴风雪中发出狂乱的低吼。

"爹!"

诹访低声嘶喊,冲进树林。

四

回过神时,四下一片昏暗,只隐约听见瀑布的隆隆声,感觉就在头上。诹访的身体被瀑布声带动,缓缓漂浮,寒冷窜入骨髓。

啊，我身在水底。察觉这一点，不知怎的，忽然感到神清气爽，一切都无所谓了。

不经意地伸展双腿，身体便无声向前移动，鼻头险些撞上岸边的岩石。

是大蛇！

我成了大蛇，好开心，这样就回不去小屋了。诹访自言自语，嘴边的胡须竟大大摆动起来。

原来我仅仅变成小小的鲫鱼，只能将嘴巴一开一阖，动动鼻子上的疣。

鲫鱼在瀑底深渊四处游动。摇摆胸鳍浮上水面，转眼又用力摆动尾鳍，游入深深的水底。

鲫鱼在水中嬉戏，时而追逐小虾，时而躲进岸边苇丛，时而啃食岩石上的青苔。

后来，鲫鱼就不动了。

顶多偶尔摇摆胸鳍，似乎在思考什么。就这样过了一会儿。

不久，变成鲫鱼的诹访，扭动身体游向瀑底，随即像树叶一样被吸入瀑布。

原作发表于《海豹》，1933 年 3 月

圣诞快乐

"东京弥漫着一股哀伤的活力",我怀着或许能在文章开头写下这句话的期待回到东京,映入眼帘的却是毫无新鲜感、一如往常的"东京生活"。

在这之前,我回津轻老家住了一年三个月,今年十一月中旬才带着妻小,举家迁居东京。然而,感觉上只像出去旅行两三个星期就回到东京。

"久违的东京谈不上好,也谈不上坏,这个大都会的个性毫无改变。当然,形而下的改变是有的,唯就形而上的性质来说,这个都市一点儿也没变。如同笨蛋到死也不会变聪明一样吧。明明改变一点儿也无妨啊,不,应该说必须改变才对。"

我在给老家某人的信里这么写,同时我自己也毫无改变,依然穿着久留米绊[1]织的和服,披上长大衣,漫无目的地徘徊

---

[1] 久留米绊:日本代表性传统织物之一,"久留米"是日本地名,"绊"是以特殊方法制作的织品总称。——编者注

在东京街头。

十二月初,我去了东京郊外某电影院(与其说是电影院,不如说是临时搭建的放映小屋还比较恰当,就是这么一幢可爱的简易小屋),观赏美国电影,离开时已是下午六点左右。东京街头充满宛如白烟的夕雾,身穿黑衣的行人熙来攘往,行色匆匆。城市里已感受得到浓浓的年末氛围,东京的生活,果然一点儿都没变。

我走进书店,买了一个有名犹太人的戏曲集,放入怀中,不经意地望向书店门口,发现一个年轻女人站在那里,露出鸟即将展翅飞起那一瞬间的表情看着我。她的樱桃小嘴微张,似乎想说什么。

这事不知是吉是凶。

假设是我从前追求过、如今已毫无兴趣的对象,就是最大的凶事。而我有过太多这样的对象。不,应该说净是些这样的女人。

新宿的……那个谁?要是她就伤脑筋了。不过,或许是那个谁?

"笠井先生。"女人喃喃吐出我的名字,转过身来,微微低头行礼。

她戴着绿色帽子,帽带系在下巴处,一身大红色雨衣。我愈是看着她,脑中愈是浮现出她更年轻时的样貌,最后,眼前的她仿佛变成十二三岁的少女,和我的记忆完全重合。

"你是静惠子。"

是吉兆。

"我们先出去吧,先出去。还是,你有什么想买的杂志?"

"没有。我原本是想来买一本叫《雪莱传》[1]的书,不过,现在不用了。"

于是,我们踏上岁末的东京街头。

"你长好大了,我都认不出来。"

不愧是东京,也会遇上这样的事。

我向路边小贩买了两包花生米,一包十元。收起钱包后,想了想又拿出钱包,再买一包花生米。从前,我总会先为这孩子买个什么伴手礼,再去拜访她们母女。

女人的母亲和我同龄。记忆中的那些女人里,她是极少数就算现在不经意重逢,也不会令我产生丝毫恐惧困惑的人。不,说是仅有的一个也不为过。假如要问为什么,我就试着提出四个答案吧。出身贵族世家,貌美多病,这两个条件太做作又烦人,无法获得"唯一仅有"的资格。那么,可以用"和有钱丈夫分手,过着落魄的生活,带着一点儿财产与女儿住在破旧公寓相依为命"来说明吗?不,我对女人的身世毫无兴趣,证据就是,连她为何和有钱的丈夫分开,所谓的"一点儿财产"又是多少,我根本一点儿都不清楚,就算听过也忘

---

1 指的应是法国小说家安德烈·莫洛亚(André Maurois)的著作《雪莱传》(*Ariel ou la vie de Shelley*)。

了。或许曾被太多女人戏弄，无论听到对方有多悲惨的身世，总觉得内容肯定多少经过添油加醋，难以使我流下一滴眼泪。换句话说，无论对方出身多高贵、长得多美，后来变得多落魄又多可怜，这些所谓罗曼蒂克的条件，都无法形成我视对方为"唯一仅有"的原因。我的答案只会是以下四点：

第一，爱干净。外出回家后，必定先在玄关洗净手脚。就算过着落魄的生活，住的至少还是有两个房间的公寓，总是把家中每个角落都擦得一干二净，尤其注重厨房用具的清洁。第二，对方一点儿也不迷恋我，而我也一点儿都不迷恋对方。如此一来，就可以不用经历那些关于性欲的，狼狈、下流又麻烦的，说不出是体贴还是自恋的情绪，也无须面对那些想引起对方注意或唱独角戏的行为，更不用投入那一切的一切，别提是十年如一，简直就是千年如一的老掉牙男女战争。就我看来，那个女人依然爱着分手的前夫，内心仍深以身为对方的妻子为傲。第三，她总能敏感察觉发生在我身上的事。每当我认为世界上一切都很没趣，无聊得受不了时，如果有人对我说"你最近过得十分充实嘛"，我就会感到不是滋味。然而，她不一样。每次去找她，她都能说出符合我当下状况的话。有时也会说些诸如"不管什么时代，吐露真话都会被杀呢，就算是使徒约翰或耶稣基督都一样"之类的话，甚至还说"约翰连复活的机会都没有"。关于日本仍健在的作家，她一句话都没提过。第四，这或许是最重要的一点，就是她家随时备有种类丰富的酒。我并不认为自己吝啬，但难免会面临在每间酒馆都赊了账的忧郁时刻，只好鼓起勇气去找免钱的酒喝。战争拖久了，日本愈来愈难买到酒，即使如此，只要去她家就一定会有东西喝。我每次都带点不成敬意的小东西，给她女儿当礼物，然后在那里喝到烂醉如泥。

以上四点，就是她"唯一仅有"的原因。若是问我，难道这不就是你们恋爱的方式吗？我只能装傻回答"或许吧"。如果所有亲近的男女之间都是恋爱关系，或许我们也算是情侣。然而，我从来不曾为她感到苦闷，她也很讨厌逢场作戏的麻烦事。

"你母亲呢？还好吗？"

"嗯。"

"没生病吧？"

"嗯。"

"你俩依旧一起生活？"

"嗯。"

"家在附近吗？"

"不过，屋里很脏乱哟。"

"不要紧。我想赶快去造访，然后带你母亲一起出来，找个餐厅大喝一场。"

"嗯。"

女孩愈来愈无精打采。每走一步路，看上去就更成熟一些。

这孩子在她母亲十八岁那年出生,而她母亲与我同为三十八岁,如此算来……

我不由得自作多情,心想她肯定是嫉妒起自己的母亲了,于是转移话题。

"你刚才提到的《雪莱传》是……"

"说来不可思议呢。"果然不出所料,她又神采奕奕起来,"好久以前,我刚上女中那阵子,笠井先生来我们家玩,约莫是夏天吧。您和妈妈谈话的内容里频频出现'雪莱'这个字眼,我听得一头雾水,却莫名难以忘怀——"说到这里,她忽然像是觉得这话题很无趣,语尾愈来愈小声,最后又默不吭声了。我们继续走一会儿,她才抛出一句:"那是书名,对吧?"

我愈加自作多情,心想肯定没错。她的母亲确实没有迷恋过我,我对她母亲也确实从未有过遐想,但眼前这个女孩,说不定……

尽管过得比从前落魄,但她的母亲是那种非吃美食不可的人。太平洋战争开打前,她早一步带着女儿,撤退至广岛附近食物丰富的地区。刚撤退不久,我曾收到她母亲寄来的简短明信片,只是当时的生活也不好过,我始终提不起劲给已撤退的人写回信。那段时间,围绕着我的环境不断改变,于是整整五年没有她们母女的消息。

就在今夜,暌违五年且完全出乎意料地与我相逢,不晓得会是做母亲的比较高兴,还是做女儿的比较高兴。不知为何，总觉得这女孩儿的喜悦一定比母亲更纯粹，也更深刻。果真如此，我有必要趁现在厘清自己属于谁，毕竟我不可能分成两半，分属她们母女。从今夜起，我或许将背叛母亲，成为这孩子的伴侣。即使她母亲露出不悦的表情也无所谓，谁叫我恋爱了。

"什么时候到这边来的？"我问。

"十月，去年。"

"哦，那不是战争刚结束吗？也对，像你妈妈那样任性的人，大概无法忍受乡下的生活吧。"

我故意恶狠狠地说她母亲的坏话，为的是讨她欢心。

然而，做女儿的却没有笑。无论内容是褒还是贬，看来，只要提起母亲就是禁忌。这嫉妒心真强烈啊，我擅自解释。

"真亏我们能遇见，"我赶紧转换话题，"简直像约好在那书店碰头一样。"

"真的。"

这次，我用甘美的感慨轻易赢得她的认同。

于是，我愈加得意忘形。

"简直像我先去看电影打发时间，然后在约定好的五分钟前，到那书店……"

"电影？"

"对，我偶尔会看电影。描述马戏团空中飞人的电影，由艺人扮演艺人，演起来就高明了。无论演技多差的演员，只要扮演艺人总能演出一股味道。毕竟演员根本上就是艺人，下意识表现出身为艺人的悲哀了吧。"

说到恋人之间的话题，还是非电影莫属。不，这是最适合的。

"那部电影，我也看过。"

"才刚相逢，两人之间就起了风波，导致两人分离。那一段也演得很好。因着那样的缘故再次永远分开，人生就是可能发生这种事啊。"

要是无法轻易说出这种浪漫的话语，就无法胜任年轻女人的恋人。

"如果我在那一分钟前离开书店，或者你再慢一分钟进书店，我们可能永远……不，至少十年内不会重逢了吧。"

我尽可能为今晚的邂逅增添罗曼蒂克的气氛。

路狭窄又昏暗，地面还有些泥泞，我们无法并肩行走。女孩儿走在前面，我将双手插在外套口袋里，跟在她后面。

"还有半町？一町？"我问。

"其实……我不知道一町有多长。"

坦白讲，我同样不懂如何测量距离，然而，恋爱时严禁暴露愚蠢的一面。我表现得像个科学家，理所当然地说：

"还有一百米左右？"

"不知道耶。"

"用米来说，就比较能掌握距离感了吧？一百米差不多是半町。"我嘴上这么教她,内心总觉得不安,偷偷计算一下,实际上一百米差不多是一町。不过,我没有更正。毕竟恋爱时严禁暴露滑稽的一面。

"不过,就快到了。"

那是一栋铁皮搭建、破烂不堪的公寓,穿过阴暗的走廊,走到左边第五或第六间房门口,门牌上写有贵族的姓氏"阵场"。

"阵场女士!"我朝屋内大声呼唤。

确实听见"是"的应答声。接着,隔着门上的雾玻璃也看到黑影晃动。

"啊,在家,在家。"我说。

女孩僵立不动,脸上失去血色,下唇歪曲得难看,忽然哭了起来。

她这才坦白,母亲早已死于广岛空袭[1],还说"母亲临死之际的呓语中,提到笠井先生您的名字"。

后来女儿独自回东京,在担任进步党议员的母系亲戚开设的法律事务所工作。今日与我重逢,她一路上找不到时机告知母亲的死讯,不晓得该如何是好,于是姑且先带我回家。

只要我一提起母亲的事,静惠子就会脸色难看地沉默下来,也是这个缘故。既非出于嫉妒,也无关恋爱情感。

我们没进屋,直接回头,来到车站附近的闹区。

---

1 即广岛原子弹爆炸事件。

她母亲特别喜欢吃鳗鱼。

我们找了个卖串烧鳗鱼的路边摊，掀开摊车上的帘子钻进去。

"欢迎光临。"

站着的客人只有我们，后方有位坐在摊车旁喝酒的绅士。

"大串的好吗？还是要小串？"

"小串的，三人份。"

"好的，请稍等。"

年轻的老板看来是地道的江户人，手脚利落地朝着七轮炭炉点火扇风。

"盘子也要三个，三份分开装。"

"咦，另一位客人稍后到吗？"

"这里不是有三个人了吗？"我笑也不笑地应道。

"欸？"

"这位小姐和我中间，不是还有个一脸担心的美女吗？"说着，这次我微微一笑。

不晓得年轻老板如何解读我话里的意思。

"哎呀，真拗不过您。"

只见他一手摸摸头巾打结的部分，如此笑着回应。

"有这个吗？"我的左手做出举杯喝酒的姿势。

"有上好的哟。不，也没那么好啦。"

"杯子一样要三个。"我说。

三盘小串的串烧鳗鱼摆在面前,我们跳过中间那盘不动,各自拿起筷子吃左右两盘。不久,装满酒的三个杯子端了上来。

我拿起最旁边的一杯,仰头喝下。

"帮她喝干吧。"

我以只有静惠子听得见的音量说着,拿起她母亲的杯子,仰头又是一口。接着,我从怀中取出先前买的三包花生米。

"今晚,我要再喝一点。你就吃吃花生米,陪我一下吧。"

我依然小声地这么说。

静惠子点头,之后我们再也没有交谈,连一句话都没说。

我默默喝了四五杯。这段时间,坐在里面的绅士和老板大声讲起笑话。那是拙劣得不可思议、毫无品位可言的笑话,只有绅士本人笑得最开心,好像那是多么有趣的笑话。摊贩老板一边附和着,一边赔笑。"……就说了……之类的啊,所以我就出神了啊,只好说些苹果真可爱,我懂我懂之类的啊,哇哈哈哈,那家伙头脑好嘛,说什么他家住东京车站,真是伤脑筋,要是我说小老婆住在丸之内大楼,就轮到对方伤脑筋了……"就像这样,连绵不绝地延续着这种一点儿也不有趣的笑话。日本的醉汉缺乏幽默感,我实在感到厌烦。无论那位绅士和老板如何谈笑,我依旧板着脸,笑也不笑地喝酒,怔怔凝望岁暮中忙碌的人潮越过路边摊旁。

绅士忽然察觉我的视线,同时随着我的视线望向摊车外的人潮,唐突地放声大喊:

"哈罗,圣诞快乐。"

原来一旁有个美军士兵走过。

没来由地,绅士滑稽的举动逗笑了我。

被他喊住的士兵一脸意外,摇摇头,又大步离去。

"把这串鳗鱼也吃了吧。"

我朝中间那盘多出来的鳗鱼伸出筷子。

"嗯。"

"一人一半。"

东京一如往昔,与从前丝毫无异。

原作发表于《中央公论》,1947 年 1 月

哀
蚊

　　我见过奇怪的鬼魂。由于是我刚上小学不久时的事，或许会有人认为，那可能只剩下幻灯影片般模糊的印象，实则不然。尽管仿佛投射在蚊帐上的幻灯影片，我总觉得随着年龄的增长，原本模糊的记忆却是一天比一天清晰。

　　彼时家姐出嫁，啊，正好是设宴庆祝那天晚上，家里来了许多艺伎。我还记得其中一个美丽的实习艺伎帮我缝好破掉的纹附和服[1]，也清楚记得那天晚上，目睹父亲在昏暗的偏房里与一个身材高挑的艺伎玩相扑。隔年父亲过世，如今成为家中墙上挂着的众多大张相片之一。每次看到那张相片，我便会想起那天晚上的相扑。我的父亲绝对不是会欺负弱小的人，肯定是艺伎做出什么过分的举动，才会受到父亲惩罚。

　　对照记忆中的各种事，我很确定是发生在设宴庆祝家姐

1　有家徽图案的和服。

新婚的夜晚。说来真的非常抱歉,由于一切都像投射在蚊帐上的幻灯影片,大概没办法说出一个令人满意的故事,只是一番梦话罢了。不,可是,那天晚上告诉我哀蚊之事的婆婆那双眼,还有那幽魂……唯有那幽魂,不管谁怎么说都绝对不是梦。如此清晰浮现眼前的景物,怎么可能是梦?婆婆的双眼,还有……

是的,我没看过比婆婆更美的老妇人。婆婆在去年夏天过世,她的遗容简直美得不可方物。白蜡般的双颊,连夏天茂盛的树影也遮不住。明明是这么美的人,却一辈子云英未嫁,小姑独处。

"万贯家财都靠我这口白牙保住。"[1]

婆婆生前总会用因勤练富本节[2]而变得低沉的嗓音这么说,想来背后也有一段宿命的因缘吧。到底是什么样的宿命,就请不要追究了,婆婆会哭的。说起来,我这位婆婆品味非常高雅,每天都穿着绢织刺绣的外套,请富本节师傅到家中来上课的习惯也行之有年。打从懂事起,我就经常一天到晚在婆婆弹唱《老松》或《浅间》等曲目时,仿佛呜咽哭泣的音色中打盹。人们都说,她是大隐于市的富本节名家。听闻这话,她会露出美丽的笑容。不知为何,我从小备受婆婆宠爱,刚离

---

[1] 当时已婚妇女有将牙齿染黑的习俗,这段话暗指主角这位"婆婆"的家人为了不使家财落入外婿手中而禁止她嫁人。
[2] 净琉璃人偶剧使用的一种三味线音乐。

开奶妈身边不久,就投入婆婆的怀抱。母亲原本就体弱多病,没办法花太多精力在孩子身上。其实,父亲和母亲都不是婆婆的小孩,婆婆也不常到父母住的主屋,镇日待在偏房里。我跟着婆婆生活,三四天见不上母亲一面是家常便饭。因此,比起姐姐,婆婆更疼爱我,每天晚上都读草双纸[1]给我听。其中最令我印象深刻的便是八百屋阿七的故事,当时内心的激动至今难以忘怀。婆婆也会用故事中人物的名字戏称我"吉三",我总是很高兴。

是的,在昏黄的台灯下,读草双纸给我听的婆婆美丽的身影,如今依然历历在目。尤其是那天晚上睡前讲的哀蚊故事,不知为何,我从未忘记。这么说来,正好是发生在秋天。

"入秋后仍存活的蚊子称为哀蚊,人们这时不点蚊香,就是同情它们太可怜的缘故。"

啊,婆婆说的一字一句,我都还记得。她一边躺着,一边无精打采地这么说。对了,对了,婆婆抱着我睡觉时,一定会把我的两只脚夹在她双腿之间,为我取暖。遇到特别冷的晚上,她还会脱掉我的睡衣,自己也赤身裸体,露出美丽得几乎发光的肌肤,直接为我取暖,相拥入眠。婆婆就是如此珍爱我。

"怎么,哀蚊说的不就是我吗?如此不确定的生命……"

婆婆这么说着,定定地凝视我。我没看过比那更美的眼

---

[1] 泛指大众书刊。

睛。设宴的主屋里,喧嚣已平息,四下安静无声,时间似已进入深夜。秋风沙沙抚过雨窗,每每牵动屋檐下的风铃,发出微弱的鸣响,更加深了幽微的气氛。没错,我就在那天晚上看到幽魂。忽然从睡梦中醒来的我说想小便,却没听见婆婆的回应,揉着惺忪睡眼左右张望,也没发现婆婆的身影。尽管忐忑不安,我仍悄悄下床,沿着黑得发亮的榉木长廊,战战兢兢地朝厕所前进。虽然脚底冰凉得可怕,在昏沉的睡意中,我只觉得自己宛如在浓雾中彷徨。就在这个时候,我看到幽魂。远远望见一个白色的东西,蹲坐在长廊的一隅,小得像放映机里的人。然而我很肯定,我很肯定那东西正在今晚新婚的姐姐和姐夫房外偷窥。幽魂,是的,那不是梦。

引用自《叶》,原作刊载于《鹈》,1934 年 4 月

(十九岁时所写)

小泉八云

こいずみ やくも

作者简介

小泉八云（1850—1904）

爱尔兰裔日本作家，本名帕特里克·拉夫卡迪奥·赫恩，1890年抵达日本。对于保有未曾西化的传统习俗与感性的日本抱有莫大关心，后与日本女性小泉节子结婚，归化日本。他深深喜爱日本的古老传承与传统故事，收集了许多日本怪谈。其中以1904年出版的《怪谈》最为知名。

骑尸体的人

身体冷得像冰,心脏停止跳动很长一段时间,然而,除此之外并无其他死亡的征象。没有人开口说要下葬那个女人。她是遭到抛弃,悲愤而死,下葬她也没有用——这个将死之人为了复仇绝对不死的心愿,肯定会破坏任何坟墓,无论多重的墓石也将为之粉碎。住在她躺卧的屋子附近的人,纷纷逃离自己的家。他们知道,她一直在那里等待抛弃她的男人回来。

她死的时候,他出了远门。等到他回来,听闻这件事,顿时陷入恐惧。他心想"得在天黑之前寻求帮助才行","那女人会将我大卸八块"。尽管还只是辰时[1],但他明白,这件事丝毫不可大意,愈快进行愈好。

他立刻拜访某位阴阳师,请求对方帮忙。阴阳师听了死

---

[1] 上午七点到九点左右。

去女人的事，也看了尸体，遂对前来求助的男人说："你大难临头，我会试着帮助你，但你必须答应我，不管我说什么，你都得照做。能救你的方法只有一个，那是非常可怕的方法，你如果没有勇气尝试，就会被女人大卸八块。你如果有勇气，天黑前再来找我一次。"男人全身颤抖，但也答应无论阴阳师说什么都会照做。

傍晚，阴阳师陪同男人前往放置尸体的屋子。阴阳师打开雨窗，要男人进屋。眼看天色就要暗了。"我不要。"男人从头到脚都在发抖，气若游丝地回答，"我不想看到那女人。""不只要你看她，还有其他事得办。"阴阳师这么说，"你不是答应我会照做吗？快进去吧。"阴阳师硬是把全身颤抖的男人带进屋内，来到尸体旁。

死去的女人趴在那里。"来，你跨上去。"阴阳师说，"像骑马那样，好好坐在她背上……快——非这么做不可。"男人颤抖到必须让阴阳师支撑着他——虽然抖得这么厉害，他还是照办了。"来，抓住女人的头发。"阴阳师下令，"右手抓一半，左手抓一半……快……像握缰绳那样牢牢抓紧，把头发缠绕在手上：两手都要……牢牢地抓紧。就是得这么做，你听仔细了。直到明天早上为止，都得这么做。入夜后会发生很可怕的事，各种事。不过，无论发生什么事，都不能放开她的头发。一旦放开了——尽管只是一秒，你也会被女人大卸八块。"

之后,阴阳师对着尸体耳边低喃几句奇妙的咒文,便离开骑在尸体身上的男人,说:"好了,为了保护自己,我得留下你一个人离开。你就这样待在这里……别忘了,无论发生什么事都不能放开女人的头发。"然后,阴阳师走出屋外,关上门。

男人怀着黑暗的恐惧,骑在尸体上经过好几个小时。沉默的夜笼罩着他,静谧逐渐加深,最后,他终于忍不住嘶吼打破静谧。瞬间,尸体像要把他甩掉般由下往上跳起来。接着,死去的女人大叫:"啊,好重!不过,我现在就得去把那家伙带过来。"

说完,女人倏地起身,朝雨窗飞去。打开雨窗,飞进黑夜之中——从头到尾她都将男人背在身上。然而,男人只是闭着眼睛,抓住女人的长发,紧紧地、紧紧地,将头发缠绕在手上。内心恐惧到连呻吟都发不出,也不知道女人究竟去了哪里。他什么都没看见,只听见黑暗中女人赤脚跑过的声音啪嗒、啪嗒——还有她奔跑时的吁吁喘气声。

终于等到她回头,跑回屋子里,和刚开始一样倒在地上,在男人身下喘气,直到鸡啼响起,她才安静下来。

男人的牙齿始终咯咯打战,持续骑在尸体上,直到天亮阴阳师赶来为止。"你没放开头发,对吧?"阴阳师非常高兴,"这样很好……来,可以站起来了。"阴阳师再次对着尸体耳边低喃,然后对男人说:"昨晚肯定是恐怖的一夜,不过,除此之外没有其他方法可以救你。往后,女人不会再找你复仇了,放心吧。"

* * *

我认为这不是符合伦理道德的故事结局。骑在尸体上的男人既没有发疯,头发也没有一夜变白。我们只知道最后"男人哭着拜谢阴阳师"。这故事的附注也令人失望。日本的作者写着:"听说那个人(骑在尸体上的人)的孙子如今仍在世,住在一个叫大宿直的地方(似乎是个相当体面的村庄)。"

我在当今日本的地名录上遍寻不着这个村名,只知道很多城镇与村庄在这个故事被写出来后更改了名字。

原题名 *The Corpse-Rider*,发表于《影》(*Shadowings*,1900)

生灵

从前,江户灵岸岛有个名唤喜兵卫的有钱人,开了一间陶器店。喜兵卫长年雇用一个叫六兵卫的掌柜。六兵卫能力很强,把店经营得有声有色。由于生意实在太好,靠掌柜一个人管理不过来,于是,喜兵卫答应让他雇一个有经验的伙计。六兵卫找来自己的外甥,是二十二岁的年轻人,曾在大阪的陶器店学过买卖。

这个外甥帮了很大的忙,做起生意还比经验丰富的舅舅聪明伶俐。他的才能让店里生意蒸蒸日上,喜兵卫也很欣慰。然而,雇用年轻人才七个多月,他就生了严重的病,看起来似乎医不好了。六兵卫找来整个江户的好几位名医,谁都诊断不出他究竟生了什么病,也无法开药。医生的共同意见是,他或许遇上什么不为人知的伤心事,才会病成这样。

六兵卫以为这是犯了相思病,于是对外甥说:"你还很年轻,大概是暗恋哪个女人,却进展不顺利吧——我猜你或许是因此酿成了病，果真如此，你应该把担心的问题全部告诉我。你远离父母来到这里，我就跟你的父亲没两样，所以，无论你有任何担心或难过的事，我也早就做好心理准备，要像真正的父亲一样帮助你。如果你需要钱，无论多少尽管开口，没必要觉得丢脸。我想自己还有本事照顾你，喜兵卫大人也一定希望你早点恢复精神，相信不管什么事他都愿意帮忙。"

见舅舅如此体贴，生病的年轻人露出为难的神色，沉默好一会儿，终于回答："您这番话太令人感激，我这辈子都不会忘记。不过，我并没有心上人，也不是想跟哪个女人在一起。我得的这种病，不是医生能治好的，钱也完全派不上用场。事实上，我是在这个家里受到迫害，到了不想活下去的程度。不管在哪里，不管白天还是晚上，不管在店里还是在自己房间里，一个人的时候也好，和众人在一起的时候也好——总会有个女人的幻觉不断纠缠我，很久没有安眠过一个晚上了。只要一闭上眼，那女人的幻觉就会出现，勒住我的脖子，害我完全无法睡觉……"

"这种事，你怎么不早点儿说出来呢？"六兵卫问。"我想，说了也没用。"外甥回答，"那个幻觉不是死者的鬼魂，而是活人——一个您很熟悉的人——的恨意化成的东西。""是谁？"六兵卫非常惊讶。"这个家的老板娘，喜兵卫大人的妻子……那个人想杀了我。"年轻人低声说。

听了外甥的告白，六兵卫不知所措。他一点也不怀疑外甥的话，只是怎么也想不出生灵出现的原因。生灵通常因失恋或强烈的憎恨出现，往往连当事人都不知道。以老板娘的状况来说，首先不可能与恋爱有关，实在难以想象，毕竟喜兵卫的妻子五十多岁了。然而，六兵卫怎么也看不出她对这年轻人抱持如此强烈的憎恨——难道他做了什么令她怨恨到出现生灵的事？外甥谦和有礼，品行无可挑剔，甚至找不出一个缺点，平日努力工作，对老板也很忠实。这个问题令六兵卫感到棘手，仔细思考后，决定对喜兵卫全盘托出，请求喜兵卫进行调查。

喜兵卫听了也大惊失色。然而，四十多年来，他从未怀疑过六兵卫说的话，也没有道理怀疑。喜兵卫立刻叫来妻子，将生病年轻人说的话告诉她，小心翼翼地询问。起初妻子铁青着脸，只是哭泣，犹豫一会儿，才吐露真相。

"那个新来的伙计说的生灵之事，我想应该是真的——其实，我拼命告诉自己绝对不要表现在言语和行动上，但怎么也无法不讨厌那个人。如您所知，那个人非常会做生意，做任何事都很机灵，所以您给了他很大的权限——像是差使家中员工和仆人的权力。相较之下，我们的儿子虽然是这家店的继承人，却是个老好人，动不动就被骗。我一直担心，最后这个奸猾的新伙计将会欺骗儿子，强取横夺家中财产。我相信那个伙计永远不会露出破绽，不动声色地搞垮我们家的生意，让儿子陷入破产，所以恨那个男人恨得不得了。好几次都想着，要是他能去死就好了，如果可以，我甚至想靠自己的力量杀死他……我当然知道如此憎恨一个人是不好的，但终究无法克制这一念头。无论白天还是夜晚，我都暗中诅咒那个伙计。恐怕是这样，才会出现六兵卫提到的那个东西。"

"为了这种事让自己痛苦，你真是太愚蠢了！"喜兵卫大叫，"那个伙计至今从未做过任何一件坏事，你却对他这么残酷，使他陷入痛苦……这样吧，如果我在别的城镇开家分店，让他和他舅舅两人去打理，你应该可以放轻松一点吧？"

"只要不看到他的脸，不听到他的声音……"妻子回答，"如果您能让那家伙离开这个家——或许我就能压抑心中的憎恨。""就这么做。"喜兵卫说，"要是一直憎恨下去，那男人一定会死。这么一来，你等于犯下杀死无冤无仇之人的大罪。从这一点来看，那男人实在是无话可说的好伙计。"接着，喜兵卫立刻准备在别的城镇开新店，并将那间店交给伙计和六兵卫掌管。从此之后，年轻伙计再也不受生灵所苦，很快恢复了健康。

死灵

越前国[1]的地方官野本弥治卫门死去时,他的几名下官共谋欺骗已故主子的遗属,以偿还弥治卫门部分债务为由,将家中所有财物尽数没收。不仅如此,这班人更捏造一份虚伪的报告,指称弥治卫门生前非法欠下超过自身资产的债务,将这份虚伪的报告送到宰相那里。于是,宰相下令放逐仍住在越前国的野本之妻。那个时代,即使地方官往生,若生前曾犯下罪行,家人也会遭到连带处分。

然而,当放逐令正式送到野本的遗孀手中时,野本家的一名女仆身上发生了不可思议的怪事。只见她像被什么附身一样,全身颤抖。不再颤抖后,她倏地起身,将宰相的差使与已故主人的下官召集一堂。

"各位,仔细听好。现在跟你们说话的不是这个女人,是

---

[1] 现今日本福井县北部。

我弥治卫门——从另一个世界归来的野本弥治卫门。我愚昧地误信了不该信的人，导致令人悲愤的下场。实在太过悲愤，我忍不住从那个世界回来一趟……你们这些忘恩负义的下官，怎能忘记过去承受的恩惠，夺取我的财产，还做出侮辱我声名的事？现在我就当着你们的面，把官府和我家的账簿算个清楚。派一名家仆去监察官那里取来账簿，我清算给你们看。"

当女仆说着这番话时，在场所有人莫不感到惊讶。她的声音与态度，和生前的野本弥治卫门完全一样。那些做贼心虚的下官脸色铁青，然而，宰相的差使立刻答应女仆的要求。从官府拿来的账簿很快放在她面前，保管在监察官那里的野本家账簿也拿回来了。此时，女仆开始清算账簿内容。只见她毫无错误地计算完每一项账目，并算出总和，修正遭到窜改的部分。毋庸置疑，她写下的是野本弥治卫门的字迹。

完成验算后，她用与野本弥治卫门一模一样的嗓音说：

"好了，全部完成。我无法再做更多，即将回到我来的地方。"

说完，女仆立刻躺下，像死人般睡了整整两天两夜（据说附身的魂魄离开后，被附身的人会承受极大的疲劳，并陷入深沉的睡眠）。等她再次清醒时，嗓音与态度已恢复原貌，并且，无论是当下或是往后，她都想不起被野本弥治卫门亡灵附身之际发生的事。

这起案件的报告立刻送到了宰相面前。最后，宰相不仅取消放逐令,还赐给野本遗属许多礼物,并为过世的野本弥治卫门追封种种名誉。不仅如此,往后野本家一直受到政府的照顾,家道兴旺。至于野本那班下官,则受到相当严厉的惩罚。

原题名 *Ikiryo Shiryo*,原作发表于《古董》(*Kotto*,1902)

泉镜花

いずみ きょうか

作者简介

泉镜花（1873—1939）

因读到尾崎红叶的《二人比丘尼色忏悔》大受冲击，在1891年前往东京，拜入红叶门下，成为红叶最知名的弟子。经过数年不受读者青睐的创作生活后，终于在1900年以《高野圣僧》在文坛站稳脚跟。镜花深受江户文艺影响，作品洋溢着幻想色彩和浪漫风格，代表作有小说《外科室》《高野圣僧》《歌行灯》，戏曲《天守物语》《海神别墅》，等等。

天守物语

- 时间 -

不明。只知是封建时代——晚秋,从日落前到深夜的这段时间。

- 地点 -

播州姬路[1]。白鹭城(姬路城)天守[2]。第五层。

- 登场人物 -

富姬　天守夫人,外表看来约二十七八岁

龟姬　岩代国猪苗代龟城人,二十岁左右

姬川图书之助　年轻的驯鹰师

小田原修理、山隅九平　皆为姬路城主武田播磨守的家臣

十文字原的朱盘坊、茅野原的长舌姥　皆为龟姬的随从

1　现今日本兵库县姬路市。
2　日本城堡中心的瞭望楼。

近江之丞桃六　木雕工匠

桔梗、阿荻、阿葛、女郎花、抚子　皆为富姬的侍女

阿薄　服侍富姬的女官

娃娃头童女五人

追捕犯人的官兵武士多人

- 场景 -

舞台为白鹭城天守的第五层。左右有柱子，在面对舞台的前、左、右三方位设置回廊，靠手边这一侧搭高，铺着白底边框上以黑线织出云朵或菊花纹样的高丽榻榻米。拿一根多处缀有蝴蝶结的红色鼓绳，挂在柱子上当栏杆。面对舞台的右侧回廊后方设有梯子，同样用鼓绳固定。梯子高达天花板。左侧回廊后方也设有梯子的上下口。舞台正面深处至右侧回廊一半左右的位置，是一道厚重墙面，上有供弓箭、火炮发射用的宽敞窗口。窗外是山岳远景，天上秋云飘浮。墙上设有出入用的门。鼓绳做成的栏杆外，左方可见屋顶的雕梁瓦片和树顶。正面同样饰有高大茂密的树梢。

童女三人　（合唱）这是通往哪里的小路啊，小路。是参拜天神大人的小路啊，小路。

（在歌唱声中拉开序幕）

侍女五人——桔梗、女郎花、阿荻、阿葛、抚子，各自

以与其名相称的姿态出现在鼓绳栏杆旁，有站有坐。每人皆手持缠上五色丝线的线轴，中间有金色或银色的细长竿子穿过，将丝线抛入松树与杉树的树梢之间，做出钓鱼的动作。身穿深红上衣的三个童女继续唱歌——歌声清亮寂寥。

请借过，借过。

闲杂人等不让过，不让过。

要向天神祈愿，祈愿。

请借过，借过。

童女边唱边玩（请借过的）游戏。阿薄从天守墙内出来。墙上某处设计成可自由打开的门。阿薄比其他侍女年长，头上插着鳖甲制的发钗，身穿官中女官的服饰。

阿　　薄　鬼灯、蜻蛉。

童女一　是。

阿　　薄　安静点，才刚打扫干净。

童女二　那我们看人钓鱼好了。

童女三　也好。

童女以可爱的姿态点点头，甩着袖子加入侍女的行列。

阿　　薄　（环顾四周）今天的景色还真美。

阿　　葛　是啊，猪苗代的公主要来玩。

桔　　梗　要是一直像之前那样，大概要闷坏了。况且，今天天气很好，远山也看得到整片红叶。

女郎花　　所以，暂时把射箭的小窗和看风景的窗户上那些用泥巴铁块做的碍眼栏杆拆掉了。

阿　薄　　原来如此，平常懒懒散散的你们能做到这地步，实在不能不佩服。

桔　梗　　哎呀，怎么说得这么难听——我们何时懒懒散散啦？

阿　薄　　瞧瞧你们，嘴上这么说，实际上倒是都在做些什么呢？没人会从二楼点眼药，也没看过有人从天守的第五层钓鱼，天上的银河可不会流到草地上。虽然富姬大人外出，你们闲着没事，做到这个地步未免太过火了。

抚　子　　不，我们不是在钓鱼。

桔　梗　　主人座前恰恰少了些花草，我们想摘点花……钓点秋草来用[1]。

阿薄搭在其中一名童女肩上探头窥望。

阿　薄　　花？秋草？是吗，真稀奇，所以是怎么着？钓得到吗？

桔　梗　　是啊，钓得到呢。这是新发明。

阿　薄　　别说大话——不过，关于这一点，我姑且问问，用

---

[1] 根据《广辞苑》（日本有名的日文辞典），"秋草"指的是在秋天开花的植物总称，包括汉字写成"薄"的芒草、桔梗、女郎花、葛、萩、菊花等皆属秋草，正与剧中几位侍女同名。

的是……什么钓饵啊？

抚　　子　噢，是白露。

阿　　葛　包括千草、八千草在内，各种各样的秋草现在都渴望着露水。只是，此刻是傍晚四时，别说夜露，连夕露也没有。（望向身边）如您所见，女郎花姐姐钓到这么多。

阿　　薄　哎呀，还真的是。原来草花是钓得到的啊。好吧，就让我静静参观。毕竟钓鱼时不该多嘴……难怪最文静的女郎花钓到最多。

女 郎 花　不，这和钓鱼不一样，无论发出声音或唱歌都没关系。只不过，风一大就糟了……当饵的露珠都滴滴答答掉光。哎呀，钓到了。

阿　　薄　做得好。

就在她这么说时，女郎花团团转动手中的线轴，收回丝线，把缠在线上的秋草拉上栏杆。接着，连同原本放在一旁的花，一起交给童女。

桔　　梗　钓到了。（一样收回丝线）

阿　　萩　咦，我也……

受到花的吸引，黄色、白色与紫色的蝴蝶，成群翩翩飞了上来。

阿　　葛　看哪，我也钓到了——哎呀，真可爱。

阿　　薄　桔梗，钓竿借我，我也来钓。实在令人佩服，好有趣。

女郎花 请等一下，风变大了，钓饵无法附着在钓线上。

阿　薄 这风真坏心，怎么突然变大了。

阿　萩 哇，城里的秋草如波浪起伏，好美。

桔　梗 话都还没说完就褪色，只有一片雪白的芒草，像水一样开始流动。

阿　葛 天上飘起乌云。

阿　薄 从刚才起，原野和山林都莫名暗了下来。看来，将要下一场大雨。

舞台转暗，出现闪电。

抚　子 夫人不晓得上哪儿去了，希望她能早点回来。

阿　薄 她每次都这样，出门前什么也不说，总是一晃眼就出去。

阿　萩 连想去接她，都不知道上哪儿接。

阿　薄 至少她知道客人龟姬大人前来的时刻，应该就快回来了吧，大家赶紧将用心准备的秋草奉上吧。

女郎花 是啊，至少得在露水散尽前……

正面中央后方，圆柱旁有个放置铠甲的柜子，上面郑重地端放着一个有金色双眼、白银獠牙的蓝色狮子头，脖子下套着黄绿色的锦缎披风，还装饰着红色旋涡状的尾巴。侍女和童女一起跑到狮子头前，跪下来将手中的秋草插入花篮。颜色美丽的蝴蝶成群飞来，绕着花篮飞舞。隐约听见雷鸣声,开始下雨了。

阿　　薄　（在昏暗中）瞧,狮子双眼灼灼发光,獠牙也像在动。

桔　　梗　看来相当中意奉上的花与蝶,心情很好吧。

此时,闪电划过天际。闪光中,蝴蝶像被风吹走般离去的地方,有道几乎贯穿天花板、通往天守栋梁高处的梯子。侍女追着蝴蝶跑,所有人的目光汇聚在此。

女郎花　哎呀,夫人回来了。

侍女纷纷聚集到梯子前,不管穿的是宽袖和服还是窄袖和服,一律将双手聚拢在身前。梯子上先出现的是水蓝色衣摆的两端,然后是整片衣摆,接着立刻出现披着蓑衣的身影。一头长发,一手拿着遮住半边脸的竹笠,这美丽又气质高雅的贵妇,正是天守夫人富姬。

富　　姬　（敞开蓑衣,将两三只绕着自己飞舞的蝴蝶拢入半边衣袖,对着蝴蝶说）劳烦你们出来迎接我了。

侍女纷纷上前说:"欢迎回来,欢迎回来。"

富　　姬　有时会忽然心血来潮,想像吹过晚秋草原上的风一样出去走走……

说着,手中的竹笠往下掉。女郎花接过竹笠,夫人露出的脸庞惊人地白皙,充满高贵之气。

富　　姬　只能让你们做一朵沾着露水的花,实在抱歉。（从梯子下来,坐在梯阶上,将衣摆朝走廊摊开。）

阿　薄　请千万别这么说——哎呀，您怎么穿了这个？

富　姬　适合我吗？

阿　薄　穿了这个之后，您看起来好像又消瘦了。这件蓑衣比柳条还优美，简直有如雨后的香茅。

富　姬　满口胡说八道。这明明只是向小山田的稻草人借来的东西。

阿　薄　不，即使是这样，穿在您身上就像装饰碧玉与白银流苏的铠甲。

富　姬　你这么一称赞，穿在身上都觉得重。（脱下蓑衣）帮我拿走。

抚子站起来，接过蓑衣，披在栏杆上。几只蝴蝶停在蓑衣上歇息。夫人向狮子头颔首致意，坐在坐垫上，身体靠着扶手。侍女在一旁服侍。

富　姬　我有点儿累了……阿龟还没来吗？

阿　薄　是，公主殿下应该快到了。正因如此，大家才一直在等您回来……对了，您刚才上哪儿去了？

富　姬　我到夜叉池去了。

阿　薄　哇，是越前国大野郡谁也没踏入过的深山？

阿　萩　跑到那个夜叉池去了？

桔　梗　去玩吗？

富　姬　嗯，说是去玩也算去玩，有点事想拜托大池之主阿雪……

阿　　薄　包括我在内，这里所有人都任您差遣，又何必亲自跑一趟，还遇到了大雨。

富　　姬　我就是去求这场雨。今天啊，这个姬路城……从这边看下去不过就是一栋长屋……这栋长屋的主人播磨守，带一大群人进入秋野山林放鹰狩猎。这件事你们应该都知道。秋高气爽的天气里，听到候鸟和各种鸟鸣声固然令人欣喜，那群人却满不在乎地闯进田亩肆虐，大声喧哗，武士更是吵吵闹闹。如果只是放鹰狩猎也就罢了，最近连弓箭或枪炮那种野蛮的东西都拿出来，真是没有比这更烦心的事。最重要的是，我的客人阿龟即将乘轿横空远道而来，要是让她在途中受到打扰就太失礼了，所以我才去拜托夜叉池的阿雪，用这风啊雷啊，把放鹰狩猎的那群人赶跑。

阿　　薄　难怪突然下起不合季节的雨。

富　　姬　这附近只下了雨吗？那应该是稍微受到风雨波及而已。瞧瞧放鹰狩猎那群人大老远跑去的姬路野一里冢那一带，天上满布黑夜般的乌云，炫目的闪电划过，落下惊人的冰雹。狩猎那群人聚集在荒野上作为冢印的松树下，仿佛沟底成群的鲫鱼似的惊慌失措，不是头上的绸布斗笠飞了，就是身上穿的背心被水冲走。腰间的刀淋点儿雨也没有什么，看他们紧张到衣袍上的图样都揉得像泡沫，甚至有人把裤脚折高，露出脚上针灸的痕迹。哈，真是可笑。（夫人露出微笑）就连捡拾一两颗粟米来吃的小麻雀，也不会为突如其来的雨惊慌失措。相较之下，一个个坐领三五百石或千石米粮的家伙却慌乱成那副德性，有什么比这更愚蠢可笑？真不知该取笑他们，还是可怜他们。你们说，是不是？

阿　薄　是，正如您所说。

富　姬　我啊，从夜叉池回来的路上，行经群鹭峰山脚下，以挂着晒干的稻草为盾，站在后方眺望眼前的景色。那时天上升起白昼之月，这袖子（一边说，一边按着水蓝色衣袖）的影子映在地上，形状就像雁金纹样，又像折起的信笺、信纸。夜叉池的阿雪性情刚烈，但也有含蓄的地方。尽管在乌云笼罩下原野一片漆黑，远处的高山仍染成美丽的琉璃色。一切都在她的计划中。即使如此，她答应我不让放鹰狩猎的家伙稍作停留，用大风大雨将那群人赶回城里。虽然狩猎者远远离开松树下，如泥水浊流般流过乌云下的荒野，风雨仍不断斜斜打下，仿佛要将他们驱离。直到我在那里观看的时候，都还下着一点儿雨，我顾不得吟咏诗歌，赶紧向稻草人借了蓑衣和斗笠回来。噢，那些东西就交给蜻蛉和鬼灯她们，稍后送去还给人家吧。

阿　　薄　没有必要吧？

富　　姬　不不不，这对农家而言是重要的东西，不可怠慢。

阿　　薄　明白了。夫人，别顾着说话，快去更衣吧。衣服湿了，一定挺不舒服的。

富　　姬　拜蓑衣和斗笠所赐，衣服没淋湿，也不觉得不舒服，不过，虽然我和阿龟无话不说，这样接待她未免失礼。（夫人起身）我就去换下这身衣服。

女郎花　顺便梳头吧，夫人。

富　　姬　也好，替我梳个发髻。

> 一行人随夫人穿过墙上的门，走到后方。台前只剩下童女，齐声合唱。

> 这是通往哪里的小路啊，小路。

> 是参拜天神大人的小路啊，小路。

> 这时，有人从通往此处的梯子下来。原来是岩代国耶麻郡猪苗代城，千叠敷之主龟姬的待卫队长，打扮成大山伏[1]模样的朱盘坊。他头上长有犀牛般的独角，脸上一对圆滚滚的大眼睛，脸色比朱漆更红，手脚如瓜果般绿，抱着一个白布覆盖的小桶，从柱子后方朝内窥看童女戏耍，露出微笑。

---

[1] "山伏"是山中修行者的统称，道行高的山伏可修炼出来自山岳的灵力。

朱盘坊　咯咯咯咯（发出牙齿打战声，吸引童女走近后，忽然凑上脸，张大嘴巴），吼！（发出野兽吼叫声，展现威武的一面。）

童女一　这大叔真讨厌。

童女二　一点儿也不恐怖。

朱盘坊　呵呵呵呵（干笑）。嗯，不愧是姬路城天守富姬大人身边的小女娃，看惯妖魔鬼怪，连见到我这奥州第一的赤面鬼都毫无惧色，不动如山。好吧，再次向各位请安，麻烦小姑娘带路。

童女三　这个从屋顶跑进来的大叔是谁？

朱盘坊　也向你请安。只要说是从猪苗代来的，上面的人就会知道。好了，好了，快请帮忙带路吧。

童女一　才不管你。

童女三　哼（扮鬼脸）。

朱盘坊　伤脑筋……（重振精神，大声说）麻烦请带路。

阿　薄　什么事啊（从墙内出来迎接），您是哪位？

朱盘坊　我乃居住于岩代国会津郡十文字原青五轮，奥州妖怪之长老，允殿馆之主，名叫朱盘坊。现正随侍猪苗代城龟姬大人前来，求见贵天守富姬大人，烦请带路。

阿　薄　路上辛苦了。请问，公主殿下呢？

朱盘坊　（抬头仰望天花板）在屋脊上，已下轿等待。

阿　　薄　我家夫人等候已久。

　　　　　阿薄拍拍手，随后出来三名侍女，一起伏在地上，双手贴地行礼。

阿　　薄　请进。

朱盘坊　（对着天空）轿夫，这边准备好了——长舌姥，请公主殿下进来吧。

　　　　　梯子上先出现一名发长齐肩的童女，捧着美丽的手球。接着是龟姬，长袖和服搭配一袭外衫，梳着高髻，手持扇子。身后跟着另一名童女，捧着护身刀。殿后的是穿泛黄绢衣与褪色红裤裙的长舌姥。天守夫人在侍女陪同下现身，坐在准备好的位子上。

阿　　薄　（抬头看龟姬）欢迎大驾光临，公主殿下。

　　　　　随侍一旁的侍女皆伏地恭迎。

龟　　姬　起来吧。

　　　　　龟姬从阿薄与侍女面前款款走过，坐在位子上。与天守夫人面对面的同时，两人将坐垫上的膝盖向彼此靠拢。

富　　姬　（露出亲密的微笑）阿龟。

龟　　姬　姐姐，好想你啊。

富　　姬　我也很想你。

　　　　　（间隔）

女郎花　夫人（捧着长烟管，请夫人抽烟）。

富　　姬　（接过烟管吸一口，再将烟管递给龟姬）这阵子，听说你也会抽烟了。

龟　　姬　是啊，都会了（接过烟管，一边抽烟，一边用左手做出举杯饮酒的动作）。

富　　姬　真伤脑筋（嘴角上扬，微微一笑）。

龟　　姬　哈哈哈，你又不是我丈夫。

富　　姬　别说这么恼人的话。真亏你从猪苗代远赴姬路城——这路途怕有五百里远吧……是不是，老人家？

长 舌 姥　如您所说……飞越大海山脉，乘风而来虽然不用花上半天时间，但若是每晚找落脚处步行而来，至少五百里……对，比五百三十里还多一点吧。

富　　姬　是啊。（面向龟姬）真亏你这么远道而来，还特地带了手球。

龟　　姬　没错，姐姐，我很可爱吧？

富　　姬　才不呢，恨死你了。

龟　　姬　请便（手中扇子落地）。

富　　姬　果然很可爱。（搂住龟姬的背，回头对随侍龟姬的童女说）来，让我看看。（接过手球）哎呀，真漂亮，也带一个给我多好。

朱 盘 坊　哈哈！（取出白色布包）这是我家公主特地为您准备的礼物。说来是不好意思献上的小东西，但您应该会中意……如何，公主殿下（窥探龟姬神色）？

龟　　姬　好啊，打开来。在姐姐的地方，不用客气。

富　　姬　太叫人开心了。不过，坏心眼的阿龟，会不会只在里面装了磐梯山的山岚，或虚空藏菩萨的魂魄啊？

龟　　姬　跟那些差不多，呵呵呵呵呵。

富　　姬　我才不要那种东西。

龟　　姬　那就不给喽？

朱 盘 坊　不，别这么说。（举手制止）两位感情好，连拌嘴的话语也像花间飞舞的蝴蝶一样美……那么，虽然不该由我开口，夫人，唯有这样东西，您绝对不会不中意。

朱盘坊打开包裹，里面竟是个人头匣子。从中取出一颗皮肤白皙的男人头颅，抓住发髻，咚地放在桌上。

朱 盘 坊　哎呀，这真是太不小心了。途中摇晃，汁液都外流了（头颅脖颈处鲜血淋漓）。姥姥，姥姥。

长 舌 姥　是是是，好好好。

朱 盘 坊　要送的礼物弄脏啦。有些黑心鱼贩会用淡水清洗刮掉鱼鳞的鲈鱼鳍，这个和那个绝对不一样。姥姥，请来擦一擦，弄干净才能送人家。

富　　姬　（一手扶着烟管，正面盯着朱盘坊）不用费心了，鲜血淋漓更美味。

长 舌 姥　泼洒出来的热汤和垃圾堆里的脏水没两样，只要把那血清除，滋味就和原本没什么差别。只是外表看起来肮脏，还是让我清一清吧。（穿着红裤裙

113

的腿在地上跪着前进，满是皱纹的手压着人头匣子，拨开一头白发，嘴巴大张成四方形，露出黑黄的牙齿，伸出三尺长的舌头，舔舐人头上的鲜血）真肮脏，（舔舔）真肮脏啊。（舔舔）真肮脏，真肮脏。哎呀，真美味，真肮脏。哎呀，这么肮脏，真是美味。

朱盘坊 （慌忙遮住长舌姥）喂！老太婆，别用牙齿咬，赠礼都减少了。

长舌姥 你说什么啊？（猛地垂下头，露出后颈）年纪大了就是这么可怕，老身最近牙齿不好，像是人类的脑袋或腌萝卜的尾端，不切成薄片蘸酱油我吞不下去。保持原形的食物呢，就算是鲷鱼烧那种甜点，我也一口都咬不下来。

朱盘坊 别提那种可悲的事了，你还有得活吧。不是我说，夫人，这位姥姥伸出舌头舔过的东西啊，不管是鸟兽还是人类，瞬间就会融化到只剩下骨头……看吧，看吧，没两下这个礼物的脸就变得这么细长，幸好我念了她两句。话说回来，也算误打误撞，这人因死去而改变的面相，反倒变回原本的样子……也请公主殿下瞧瞧。

龟 姬 （以扇遮脸，从空隙窥看）哦，真的呢。

　　　　侍女一齐眨着眼，凝视人头，莫不露出想尝一口的表情。

阿　　薄　你啊……那个，大家也看清楚了，龟姬大人带来的这颗头颅，岂不是和姬路城主长得很像？

桔　　梗　真的一模一样。

富　　姬　（点点头）阿龟，这礼物是……

龟　　姬　没错，是借住我家的猪苗代龟城的城主，武田卫门之介的人头。

富　　姬　哎呀，你真是的。（停顿）为了我做出这种事……

龟　　姬　没什么。况且，谁也不知道是我做的好事。我出城的时候，这个武田卫门之介还靠在宠妾的大腿上喝酒，身为大名却贪恋美色。等这家伙喝了一口鲤鱼汤，由于钓钩残留在鱼腹内，钩上他的喉头，人就会这么死去。算算时间，现在那碗汤正要端上桌吧。（忽然惊讶到拿不稳手中的扇子）欸，我怎么忘了，咽喉里有针。（提起人头的发髻）糟糕，要是刺到姐姐怎么办！

富　　姬　等一下！难得你带来礼物，要是拔了那根针，等于从武田卫门之介身上拔去了针，他岂不就会醒来？

朱　盘　坊　确实如此。

富　　姬　我会小心的，没问题。（以扇子托起人头接过来）你们几个，他们长得一模一样是理所当然的。这人啊，和此处的姬路城主播磨守，是有血缘关系的兄弟。

侍女面面相觑。

富　　姬　献给狮子吧。

> 夫人亲自将人头供在狮子头前。狮子张嘴露出獠牙，吞下人头。人头消失在狮子口中。

龟　　姬　（凝视着这一幕）真羡慕姐姐。

富　　姬　咦？

龟　　姬　有个好丈夫啊。

> 停顿片刻，夫人与龟姬你看看我，我看看你，莞尔一笑。

富　　姬　这浑话要是能成真就好啦……彼此都是……

龟　　姬　明明什么都不缺。

富　　姬　好想要这样的男人——对了，提到男人，阿龟，给你看个东西。桔梗！

桔　　梗　是。

富　　姬　拿那个来。

桔　　梗　遵命（起身）。

朱盘坊　（突如其来地）不，姥姥，你该不会迷上狮子头了吧？实在不知羞耻。

长舌姥　（这时正转身向后，盯着狮子头）天守夫人一定不会跟老太婆计较，这要不迷上也难啊。

朱盘坊　不不不，只是迷上就罢了，你根本伸出舌头了吧（苦笑）。

> 长舌姥不禁转回正面，掩住嘴。侍女哧哧窃笑。桔梗捧

着附有锹形领巾、状似龙头的金色头盔出来,放在天守夫人和龟姬面前。

富　姬　我跟你说,这头盔是姬路城播磨守的传家之宝,收藏在十七重的宝库里,下了九道锁,被珍重地保管着。今天你来我太开心了,原本想拿出这头盔送给你。不过,看到你费心准备的礼物,我这薄礼倒不好意思拿出手。所以,尽管只是有此念头,还是让你过目一下。

龟　姬　不,这样就够了。哇,好精致。

富　姬　不过,不能送给你。况且,后来我才发现,由于收藏的时间太久,这头盔散发着霉臭味,闻不到任何兰麝香气。若是像攻陷大阪城时的木村长门守那样,抱定必死决心穿戴的头盔铠甲也就算了……这只是胜券在握的战场上,躲在军队后方的人穿的东西,顶多受了点弓箭铁炮之伤,是一顶没出息的头盔。你看看就好。

龟　姬　(将头盔翻过来,望着金光闪闪的内侧)真的呢,这不是经过决死战场洗礼的头盔。

富　姬　所以,就这样吧,阿葛,先放在一边。

阿葛遵照夫人的吩咐,将头盔放在狮子头旁。

富　姬　回去之前,一定会找到让你满意的礼物。

龟　姬　姐姐,比起那个,快点来玩你跟我约好的手球啊。

富　　姬　好，来玩吧。我们到那边去。城主一行外出放鹰狩猎，在风雨驱赶下很快就要回到城门口。你的嗓音浑厚响亮，若是听见天守传出如此美声，那些人类又会一阵骚动，真是不胜其烦。

龟姬的随从全跟着起身。

富　　姬　不，山伏长老就留在这里，和女孩们喝杯酒吧。

朱　盘　坊　多谢吉祥天女之恩（双手伏地磕头）。

龟　　姬　啊，姥姥，你不过来也无妨，就在这里陪她们吧。姐姐，我就不跟你客套了。

富　　姬　那是当然。

长　舌　姥　不，虽然这里有木通、山茱萸、山葡萄，还有手酿猿酒、山蜂蜜、蚁甘露和各种米酿酒，可是，若能观看两位玩手球，听两位唱歌，光是这样就有延年益寿之效。到了我这把年纪，什么欲望都没有，只想要长命百岁。

朱　盘　坊　这话不对。姥姥，你这才是最强烈的欲望。

长　舌　姥　可恨的臭山伏，看我不在回家路上舔你一把（伸长舌头）。

朱　盘　坊　（抱头乱窜）呜哇，救命啊，我的角都吓得要倒缩了。

侍女纷纷发出笑声。

长　舌　姥　就让我陪同两位吧。

夫人走在最前面，接着是龟姬、阿薄与童女，五名侍女和朱盘坊留在原地。

桔　　　梗　长老，来来，放轻松，别客气。

朱 盘 坊　怎能不放轻松呢？哎呀，嘿咻。

阿　　　萩　请说些有趣的话题给我们听吧。

朱 盘 坊　这是一定要的。（把扇子像笏板那样立起来）这个嘛，说到山伏就是山伏，说到兜巾[1]就是兜巾，说到侍女就是美女，说到恋情就如黑夜。不畏荒山野路，累积多年修行的我，一旦挂起这串伊良太加念珠[2]祈祷，有什么道理不灵验？桥下的菖蒲是谁种的菖蒲？呵咯哄、呵咯哄、呵咯哄呵咯哄。[3]

侍女故意佯装受到惊吓，四散奔逃。朱盘坊追着五人跑。

朱 盘 坊　呵咯哄、呵咯哄、呵咯哄。（很快地，朱盘坊被侍女撞倒）有什么道理不灵验？

阿　　　葛　或许真能灵验吧，但这话题一点儿也不有趣。

朱 盘 坊　（摇头）呵咯哄、呵咯哄。

听见唱手球歌的声音。

我有三位姐姐，一位姐姐擅打鼓。

一位姐姐擅打鼓。

---

[1] 山伏戴的黑色小冠帽。
[2] 山伏持的念珠，状似算盘的珠子。
[3] 山伏吹法螺的声音。

最美的姐姐住下谷。

她是下谷最俊俏的美人,花二两买腰带,花三两系起来,打结处啊,打结处啊挂了七条穗,折角上啊,折角上啊,写着伊吕波。

阿　　葛　来,长老,虽然我们不是美得像芦苇草的女人,也请和我们一同小酌吧(摊开扇子)。

朱盘坊　呵咯哄、呵咯哄、呵咯哄(接过扇子)。噢噢,可以了,可以了。我看看,吃点小菜吧……有什么道理不灵验?

桔　　梗　要这种灵验倒是可以的。女郎花姐、抚子姐,站起来一下吧。

两女起身歌唱。

此处是何方,若逢人这么问,就说这里是骏河。
府中之宿,待人亲切的挂川之宿啊。雉鸡的雌鸟。
扑通掉落,敲敲打打,绑起来,嘿咻嘿咻,
真可爱,可爱得不得了,无计可施。

朱盘坊　不错,不错。

女郎花　再来轮到长老了,请吧。

阿　　葛　请您起立。

朱盘坊　呵咯哄,呵咯哄,呵咯哄。很好,不如我先敬各位一杯。

待女五人打开扇子,朱盘坊轮流与五人干杯,接着起身，咻的一声拔出腰间太刀。刀尖指向刚才的头盔，再朝天花板高举，然后抬起小腿，用力踏步。

剑与矛如闪电般落下。

巨岩如春雨般飞溅。

话虽如此，却无法接近天帝，

被修罗击溃。

准备启程。（后方传来众人之声。）

朱盘坊迅速收起太刀，将头盔重新放好，与侍女一起正襟危坐。

龟　　姬　姐姐，下次换你到我那里玩玩。

富　　姬　好的。

长舌姥　尽快来哟。

富　　姬　（一边点头一边陪龟姬走上回廊，目光遥望下方）哎呀，放鹰狩猎的那群人回来了。

龟　　姬　（一起往下看）刚才我来的时候，看到蚂蚁般的队伍扛着枪炮，在松林间奔跑。啊，与我带来的首级相似的那位城主就骑在马上，抬头挺胸、耀武扬威地进入本城了。

富　　姬　他就是播磨守。

龟　　姬　哇，那老鹰的翅膀白得像雪，真是只好鹰。

富　　姬　是啊。（轻拍胸口）阿龟，（停顿）不如我拿下那只鹰送你吧。

龟　姬　哦，要怎么做？

富　姬　你看着，我可是姬路的阿富。

　　　　富姬拿起蓑衣披在肩上，美丽的蝴蝶成群随蓑衣飞舞。

　　　　夫人摆出展翅的姿势。

富　姬　瞧，在人类眼中，我肯定就像穿着羽衣的鹤（往地下抖落蓑衣，一只白鹰立刻飞上天守，富姬伸手捉住）。

　　　　地上响起喊叫骚动的声音。

龟　姬　姐姐身手真利落。

富　姬　若是此鹰，丢出去的球也取得回来吧——可以尽情玩了。

龟　姬　是。（开心地伸手抱住老鹰，率先爬上梯子。爬了两三阶后回头，让老鹰停在白皙如雪的手臂上，接着说）虫子来了。

　　　　龟姬说话的同时，拂袖一挥，将一支飞箭打落在地。是打猎那群人射的箭。

富　姬　（与龟姬齐声）哼，（肩膀一晃，闪过箭矢，身子转向后方。回到舞台前，将衔在口中与拿在手中的箭分别丢下，这两支箭也是下方射上来的）无礼之徒。

　　　　随即，枪炮声不断响起。

阿　薄　各位，注意了。

侍女彼此倚靠，形成人墙。

朱盘坊 姥姥，撑着点啊（张开手臂保护龟姬）。

龟　姬 我没事，我没事。

富　姬 （微微一笑）哈哈，大家一起点燃线香吧。这么一来，他们以为枪炮引燃天守，一定会吓得停手。

舞台稍微转暗，枪炮声停。夫人与龟姬相视大笑，哈哈哈哈哈。

富　姬 瞧，我说得没错吧？顺便借这把火，烧几个看似容易起火的地方吧，正好帮阿龟照亮回家的路。

舞台转暗。

龟　姬 多谢姐姐费心，再见了。

富　姬 再见。

四下寂静。过了一会儿，灯光中浮现夫人美丽的身影。舞台上只见她一人。夫人向后转，对着狮子头，伏案阅读书卷。不久，女郎花带着一件纯白的薄棉袄睡袍上来，静静披在夫人背上，伏地行礼后离去。

这是通往哪里的小路啊，小路。

是参拜天神大人的小路啊，小路。

舞台一角，有个通往天守第四层的楼梯口。此时，楼梯口先是出现一盏灯笼，照亮四周。很快地，那盏灯暗了下来，随即出现一个浓眉大眼、英气十足的美男子。他身穿黑色羽二重和服，黄绿色的裤，腰间带着鞘上涂蜡的刀。姬川图书之助在此登场。他一边聆听歌声，一边左顾右盼。仰头看了天花板，又窥望了回廊，最后目光停留在灯火上，稍显吃惊。接着，他发现欲前进的路线上立着一扇屏风，犹豫片刻，毅然决然前行。坚定的眼神辨识出夫人后，他手握刀柄，小心翼翼后退。

富　　姬　（隔了一会儿）是谁？

图书之助　是——！（不由得屈膝跪地）是在下。

富姬只转过头，没有说话。

图书之助　我是侍奉城主大人的武士之一。

富　　姬　你来做什么？

图书之助　百年来，无人能登上这天守的第二层或第三层，更别提第五层了。今晚，我奉城主之令，前来一探究竟。

富　　姬　就为此事？

图书之助　另外，城主大人珍爱的日本第一名鹰失控飞走，在天守一带失去踪影，我亦奉命前来寻找鹰的下落。

富　　姬　生有羽翼的动物，不像人类那么不自由。千里也好，五百里也罢，想去哪里都能飞了去。就这样回报吧。没别的事了？

图书之助　别无其他。

富　　姬　命你上第五层一探究竟后，没吩咐别的事了吗？

图书之助　是，没有。

富　　姬　那么,你上来探了究竟,没想过要做什么吗?

图书之助　天守属于城主大人,无论发生什么事,我都不能擅自做出决定。

富　　姬　等一下,天守属于我。

图书之助　或许这里属于您,但城主也认为属于他。然而,不管属于谁,肯定不属于我。既然不是我的东西,在城主大人没有下令前,我什么也不打算做。

富　　姬　话说得真干脆。拥有这种勇气的人,想必能从这里平安回去。我也会让你平安回去的。

图书之助　非常感谢您。

富　　姬　下次,就算播磨有令,你也绝对不能再来。这里不是人类可以上来的地方——不只是你,别让任何人来。

图书之助　不会的,除了我不会再来之外,五十万石的家臣中,想必也不会有任何一人前来。大家都很珍惜自己的生命。

富　　姬　你呢?你不珍惜自己的生命吗?

图书之助　我因故激怒城主,受到禁闭自宅的处分时,由于没有其他人敢登上天守,才紧急征召我。传达城主旨意的使者,原本是来传达要我切腹的命令,城主似乎临时改变了主意。

富　　姬　那么,只要这趟任务成功,你就不必切腹?

图书之助　城主是这么承诺的。

富　　姬　我对人的生死没有兴趣,但不想让你切腹。我最讨厌武士切腹了。不过,没想到无意间挽救了你的生命……这倒不是坏事。今晚是个良夜,你就这样回去吧。

图书之助　公主大人。

富　　姬　你怎么还在啊?

图书之助　是,恕在下冒犯,不知今日在这里见到您的事,回去后能否向城主禀报?

富　　姬　去说清楚吧。只要没有外出,我都在这里。

图书之助　托您的福,这下能保住武士的颜面了——那么,在下告辞。

　　　　　姬川图书之助拿起灯笼,安静退下。听见夫人拿长烟管轻轻敲打的声响,姬川图书之助一度止步,随即走向阶梯口,以灯火照亮下方,身影消失在阶梯下。

　　　　　钟声响起。

　　　　　这时,一只包括脸和僧服在内全身漆黑的大入道[1]从暗处爬上屋顶,沿着屋檐爬进舞台角落,蹲在舞台花道旁的地洞口。

　　　　　钟声响起。

1　"大入道"为日本各地传说中常见的妖怪名称。

姬川图书之助从地洞口站起来。

夫人也从座位上起身，走到舞台正面、鼓绳做成的栏杆旁凝视前方，姬川图书之助高举灯笼仰望天守。瞬间，大入道忽然探出头，灯笼熄灭。姬川图书之助摆出警戒的态势，大入道张开双臂，阻挡他的去路。

钟声响起。

侍女做劲装打扮，纷纷高举怀剑或军刀，掀开舞台花道口的帘幕出场。姬川图书之助拔出扇子驱赶大入道，躲过侍女的怀剑，扇子与军刀互击，将众人一同驱离。走到帘幕下时，姬川图书之助高举手中扇，凛然仰望天守。

钟声响起。

夫人镇定而缓慢地回到座位上。图书之助伸手摸索地洞所在的位置。

(间隔)找到地洞后，姬川图书之助隐身其中，过了一会儿，再从舞台上原本架设的梯子口出现，毫不犹豫地靠近夫人，伏地行礼。

富　　姬	(主动出声，语气和缓)你怎么又来了？
图书之助	是！如此深夜再度叨扰，实在抱歉。
富　　姬	你来做什么？
图书之助	回到天守第三层中坛时，遇到一只和老鹰差不多

大的野衾[1]。它那宛如大蝙蝠的黑翼，扇熄了灯笼，我动弹不得，只好来借个火。

富　　姬　　就为了这种事……我不是要你别再来了吗？难道你忘了我说过的话？

图书之助　　四下连一丝针尖大的月光都没有，往下望去是一片漆黑。堂堂男子汉要是在黑暗中踩空阶梯而跌落受伤，便没有活下去的价值了。那时抬头一看，第五层的这里隐约透出灯光。身为男人，就算会因触怒您丧命，也好过跌落阶梯受伤。尽管失礼，我仍甘冒受您惩罚的风险前来。

富　　姬　　（微微一笑）哎呀，真爽快。况且，你已足够英勇。我把灯点亮，你上来吧（推过坐垫）。

图书之助　　不，怎能劳烦您亲自动手，我来吧。

富　　姬　　话不是这么说，这盏灯可比明星[2]、北斗星、龙灯[3]与玉光，凭你的手点不燃这蜡烛。

图书之助　　是！（凝视夫人。）

夫人亲自抽出灯笼里的蜡烛，引烛台的火入灯笼。她拿起灯笼照亮图书之助的脸，看得出了神。

富　　姬　　（手持蜡烛）不想让你回去了，你别回去了吧。

1　日本妖怪，形似鼯鼠，长有翅膀。
2　金星。
3　海上的鬼火。

图书之助　咦?

富　　姬　之前播磨不是命你切腹吗,你犯了什么错?

图书之助　我负责饲养城主珍爱的日本第一名鹰,那只老鹰却逃进这座天守。城主因此问罪于我。

富　　姬　什么? 老鹰逃走了就被问罪? 要受惩罚? 人类真会罗织各种匪夷所思的罪状啊。又不是你故意放走,是播磨守看到天守屋脊上出现一羽绝世美禽,起了贪念,擅自要你放鹰狩猎,却让老鹰飞走了,怎能怪罪于你?

图书之助　城主是主人,我是家臣。听命于主人是家臣的生存之道。

富　　姬　这条生存之道走偏了吧? 若主人说得不对,你却执意听从,岂不等于害主人误入歧途?

图书之助　可是,我让老鹰逃走是事实。

富　　姬　唉,主从关系真可怕。那么,人类和老鹰的性命孰轻孰重? 再者,假设你真犯了过错,按照君臣之道付出代价或许无可厚非,问题在于,放走老鹰既然出自播磨的指示,便是播磨的过失。最重要的是,老鹰会丢失并不是你的错。其实,是我带走了老鹰。

图书之助　咦,是您?

富　　姬　没错。

图书之助　唉,我恨您(手握刀柄)。

富　　姬　　追根究底,那是谁的老鹰?老鹰有老鹰的世界。老鹰的世界里有露霜晶莹剔透的林子,有早晨弥漫山岚,及傍晚吹过清风的天空。老鹰绝对不属于人类。区区一介大名就想将那鹰据为己有,是自恃过高、得寸进尺的想法。你不这么认为吗?

图书之助　　(陷入沉思,停顿)美丽、高贵,充满威严的公主大人啊——我无法回答您这个问题。

富　　姬　　不,不,不需要说什么大道理。只要你能稍微理解我想表达的意思,就不要再回那个有着层层城墙围绕,家臣簇拥城主的不合理世界。比起白银、黄金、珍珠珊瑚、千石万石的俸禄,在这里,我将献上一己之身。比起命你切腹的城主,我将献上自己的心,献上自己的命。不要回去了。

图书之助　　我好迷惘。公主大人,发誓对城主恪尽忠诚的我,内心的苦恼如波涛汹涌。然而,我无法下定决心。我想听听父母的意见,请师长给予教诲,也想从书中找寻答案,否则我无法回答您。恕在下告辞。

富　　姬　　(叹气)唉,你对这世间还有留恋。那么,你就回去吧。(同时将蜡烛插入灯笼)拿去。

图书之助　　我在无计可施中归去。请您务必可怜我这优柔寡断的人类。

富　　姬　　啊,听到你温柔的话语,更不想放你回去(拉住图书之助的衣角)。

图书之助 (毅然拂袖)如果您无论如何都不放我走,我只好动手。

富　姬 (微笑)对我动手?

图书之助 别无他法。

富　姬 哎,英姿焕发,正气凛然。狮子一般的年轻人啊,告诉我你的名字。

图书之助 这一切就像一场梦,我差点忘了自己有名字。在下姬川图书之助。

富　姬 真可爱,令人心喜的名字,我不会忘了你。

图书之助 我发誓,今后每当行经天守之下,必当行礼敬拜——失礼了(倏地起身)。

富　姬 啊,图书之助大人,请等一下。

图书之助 最终仍得按规矩将我处死吗?

富　姬 呵呵呵,在我这里不用遵循播磨守家臣那套规矩。任何事都凭我心意决定,没有什么规矩。

图书之助 既然如此,为何叫住我?

富　姬 有东西要送你。你们人类疑心重,更别提卑鄙又胆小的城主,所以,你登上天守第五层见到我的事,说出口也不会有人当真。既然如此,为了帮助干脆爽快的你,我就奉上一个纪念品吧(静静拿下先前那顶头盔)——就当是纪念品,你带回去。

图书之助　没想到会收到如此厚礼，执意推辞对公主大人反倒失礼，恭敬不如从命，在下就收下了。真是一顶尊贵气派的头盔啊。

富　　姬　虽然是用金银堆砌出来的东西，做工却不算精致。不过，对武田而言，是相当重要的东西——你没有印象吗？

图书之助　（疑惑地凝神端详）尽管很难相信，我只在一年一度取出来晾晒时看过，但真的非常像……难道是城主家传之宝的青龙头盔吗？

富　　姬　没错，正是。

图书之助　（一脸错愕，接着突然说）既是如此，我更该赶紧回去。请恕在下失礼。

富　　姬　下次再来，就不放你回去了。

图书之助　这是当然……我发誓不会再来叨扰。

富　　姬　再见。

图书之助　是！（捧着头盔，脚步略显匆忙地消失在阶梯后方。）

富　　姬　（独自沉思，以手托腮，对着狮子头说）能不能请您……把他赐给我。

阿　　薄　（静静出现）夫人啊。

富　　姬　阿薄？

阿　　薄　那实在是个出色的男人。

富　　姬　之前从未注意到他，我真是没面子。

阿　薄　他符合了您从以前到现在的愿望，为何让他回去？

富　姬　他说爱惜生命，还说要对我动手嘛。

阿　薄　只不过是待在您身边，对生命哪有什么危害？

富　姬　在他们人类眼中，待在这里就不算活着了吧。

阿　薄　那用您的美貌和力量，硬是将他留下来，不就好了吗？就算他向您动手，也不会是您的对手。

富　姬　不，我不想让他看到那副模样。况且，以力量强迫对方，是播磨守那种人做的事。真正的恋爱，是心与心……（低声轻唤）阿薄。

阿　薄　是。

富　姬　话虽如此，没想到他竟是负责饲养那只白鹰的驯鹰师——这也是一种缘分吧。

阿　薄　您二位一定特别有缘。

富　姬　我也这么想。

阿　薄　夫人，虽然是您说的话，但我实在听得有些害臊。

富　姬　其实我自己也这么觉得。

阿　薄　您又在开玩笑啦——咦，天守下方怎么一阵骚动？（朝栏杆外探出身，遥望下方）……哎呀，您看看。

富　姬　（依然坐着）什么事？

阿　薄　一大群武士生起篝火。哦，武田播磨守也出来了，坐在矮桌旁的就是他。这人动作慢又迟钝，偏偏性子急又爱凑热闹，什么都想看。一定是等不及上来确认的使者回报，便先出来等了吧。哎呀呀，图书之助大人的身影变得好小。夫人，在那群蝌蚪般的凡人之间，他和服上的萍蓬草花纹，就和真的开了花一样美……快来瞧瞧啊，夫人。

富　姬　不关我的事。

阿　薄　哇啊，他们开始检视头盔了。咦，城主似乎吓了一跳，那道粗得像漆上去的眉毛动个不停。刚才龟姬夫人带来的礼物，那颗他兄弟的头颅，他要是看到不晓得会怎样呢。哎呀，家老[1]也在场。就是靠压榨百姓致富的那位吧，钱是很多，头却是秃的。咦，那群人怎么把图书之助大人包围起来？是想和他争功吗？不对，伸手握刀了，怎——怎——怎么回事？哎呀，哎哟，夫人夫人！

富　姬　够了。

阿　薄　不对，什么够了？他们诬赖图书之助大人是贼啊。说他偷了头盔想谋反，说他是叛贼，是想谋杀城主的叛贼。明明就是拜他所赐才拿回头盔，怎能如此？人类真是难以置信。咦，官兵冲上来要捉拿他。为了忠义与俸禄，图书之助大人难道想选择不动手吗？不，他解决了对方，并抛出去。真开

1　武家的重臣。

心，就是要这样才对。家老脱下肩衣[1]，所有人一起拔刀。这下危险了。好厉害！图书之助大人拔刀跟他们交手……砍中一人的手臂。哎呀，身体被劈开。这些领五两俸禄，只有两个手下的官兵，何必这么勉强干活儿？真可怜，脑袋都被斩飞了。

富　　姫　这种事，秀吉那时不就看多了吗？你在嚷嚷什么？

阿　　薄　我忍不住啊，这么多人围着一个人，以多欺寡。哎呀，逃出来了，图书之助大人逃进天守了。追兵跟上，连长枪都拿出来。（沿着栏杆移动）图书之助大人冲上第二层，后头有大批追兵。

富　　姫　（立起单膝）好吧，去帮帮他。

阿　　薄　侍女们，侍女们——（一边喊着，匆匆跑下阶梯）。
夫人一手扶着屏风，一边从屏风后方俯瞰阶梯底下。喝，喝，喝——激烈呐喊的人声，物品剧烈碰撞声、脚步声。图书之助披头散发，衣服沾满鲜血，站在阶梯口挥刀后，狠狠往下瞪一眼。他肩膀不断起伏，喘了一口气，昏厥过去。

富　　姫　图书之助大人。

图书之助　（恢复意识，踉跄起身，喘着气奔向富姫）公主大人，请原谅在下不顾您的警告，三度前来叨扰。城主的家臣竟指我为逆贼……说我要谋反。

---

[1] 武士穿的无袖和服。

富　　　姬　我懂，昨日今日，甚至直到刚才还互称朋友的人，光凭城主的一道命令，居然那么轻易对你刀剑相向。

图书之助　是的。为了我根本没犯下的罪，明明都是人类却自相残杀，身为人类的我彻底死心放弃了。既然如此，不如死在您手中——我触犯了您的禁忌，违背了对您的承诺，我愿意认罪，请尽快取走这条命吧。

富　　　姬　是啊，如果我也是你的武士同伴，一定会取你的性命。不过，我并不是。你和我在一起，永远活下去吧。

图书之助　（露出着急的神情）多谢您充满慈悲的话语，但就算我想活下去，那些追兵也绝对不会放过我。还是请您快点下手吧，死在您手中是我最大的愿望，要是死在追兵手中就太遗憾了。（将手放在夫人腿上）请动手吧，取走我的性命——此刻追兵就要到达。

富　　　姬　不，他们不会到这里来。

图书之助　他们正在通往第五层的……通往这层楼的梯子上，像老鼠一样上下乱窜……由于过去的谣言，他们把这里看得比鬼神或妖魔更可怕，所以有点犹豫。不过，他们已目睹我上来，就在我们说话的当口儿，他们就要上来。

富　　　姬　是啊，这么说也有道理。如今最重要的，就是先把你藏起来。(取下狮子头,掀开连在下面的披风[1])躲进去吧……躲进这里面。

图书之助 噢,这就像是金汤铁壁。

富　　姬 不,很柔软的。

图书之助 如您所说,比棉花还柔软。

富　　姬 抓住我,紧紧跟上。

图书之助 恕在下冒犯,失礼了。

图书之助从夫人背后抓住她的衣袖。同时,夫人的身体也藏进披风下摆,捧着狮子头,披风外的人看不到夫人的脸。追兵大呼小叫冲进来,一看到眼前的情景又哄然退下。这时,夫人已躲在披风下,舞台上只看到一头威猛的青面狮。包括小田原修理、山隅九平和其他人在内的追兵,纷纷拔出长枪,手持刀剑,还有人小题大做地穿上护臂与护腿。追兵人多势众。

山隅九平 (走向灯笼)喝!还以为站在这里的是妖艳绝美的女人,原来是这玩意。

小田原修理 什么都是妖怪变的。先前在城内看到吉兆,一只如仙女般的鹤时,城主大人下令放鹰逐鹤,老鹰却就此下落不明,唯有一件破蓑衣从天而降……只能说是匪夷所思。

---

[1] 原文为"母衣",防具的一种,有防箭效果。

山隅九平 没有别的可能了,姬川图书之助那厮一定躲在狮子头的披风下。喝!城主大人有令,叛贼速速现身。我山隅九平跟你过招。

小田原修理 等等,山隅,要是那家伙躲进去了,怎么可能一叫就出来?制伏他,把他揪出来吧。

山隅九平 好,大伙儿上!

小田原修理 当心,要是太大意会受伤。这青面狮并非等闲之物。根据传闻,从前是城下郊外,群鹭山的地主神宫中的摆饰。上上一代的城主大人外出放鹰狩猎时,骑在马上,醉眼蒙眬中看见一个绝世美女。那女人怎么瞧也不像乡下人,倒有几分城里人的味道。女人看到城主一行人,立刻躲进那座地主神宫。那里虽然是放鹰狩猎的红叶山,女人或许是来自某战败之国,身份尊贵的夫人吧。总之,女人有着绝世美貌。城主下令"把那个女人抓出来",于是,侍从闯入神宫,抓住说着"我有丈夫了"拒绝的女人。一被带出宫外,女人便咬舌自尽。就在那时,女人凝视着狮子头,恨恨地说:"狮子啊,不可思议的狮子。要是我有和你一样的力量,就不会落入豺狼虎豹之手。"此后连续三年,国内每年都发生大洪水。为那女人收尸的山庙宫司说,他目睹狮子头倒转过来,舔舐女人的血和眼中流出的泪，一切灾难从此展开。全国上下谣传，连年来袭的洪水就是那女人的怨恨。女人的刘海儿上，原本插有一根刻着三朵牡丹的白木发簪，死去时从头发上掉下，被旁人捡起，呈给城主。坐在马上的城主，立刻若无其事地将发簪收进怀中，实在是不畏鬼神作祟的粗暴大名。他还一边说"有意思，要是淹水，就淹到天守第五层上看看"，一边把狮子头带出神宫，放进天守第五层。之后，天守就被视为诡异妖魅之魔域。虽然我从未信以为真，现在亲眼所见，果真不可思议，大家一定要当心。

山隅九平 知道了，举起枪吧。

追兵挺起长枪展开攻击。狮子发狂舞动，追兵狼狈退缩。小田原修理与山隅九平等人一齐拔刀，同时进击。狮子再度发狂舞动，众人复又退缩。

小田原修理 精魂栖宿于木雕中，和活兽没有两样。瞄准它的眼睛，瞄准它的眼睛！

山隅九平与小田原修理合力进攻，各自伤了狮子一只眼。狮子伏在地上，追兵压住狮头。

图书之助 （拨开披风，挥刀蹿出。追兵破口大骂，与他最初的一刀交锋）啊，我的眼睛看不见了！（众人压倒图书之助，将他制伏在地。）

富　　姬 （举起狮头，傲然站立。黑发凌乱，神情凄厉，提着之前那颗头颅）你们几个瞧瞧，这是谁的头颅？有眼睛的人都看仔细了！（朝众人抛出头颅。）

追兵齐声后退，小田原修理战战兢兢地捡起人头。

小田原修理　南无阿弥陀佛。

山隅九平　是城主大人的头，是播磨守大人的头。

小田原修理　事情非同小可，各位的项上人头可还安在？

山隅九平　可怕的妖魔，我们不能再磨蹭了，应该尽速离开。

追兵踩着紊乱的步伐，带着头颅一哄而散。

图书之助　公主大人，您在哪里？公主大人！

夫人意志消沉地站着，依然沉默。

图书之助　（惆怅地伸手摸索找寻）公主大人，您在哪里？我的眼睛看不到了，公主大人。

富　　姬　（强忍哭泣声）我的眼睛也看不到了。

图书之助　咦？

富　　姬　侍女们，侍女们，至少把灯点亮……

众人皆已盲目，所有人的眼睛都看不见了。墙壁另一端，纷纷传出侍女的哭声。

富　　姬　（和狮子头一起颓然倒地）他们伤了狮子的双眼，所以，这里依附狮子精魂而生的人都看不到了。图书之助大人……你在哪里？

图书之助　公主大人，您在哪里？

两人摸索找寻着彼此，好不容易触摸到对方的手，哭着相互拥抱。

富　　姬　无计可施了。你要做好心理准备，刚才我给他们的那颗头颅，只要一出天守就会消失，追兵立刻会掉头回来。如果只有我一个人，还能乘云驭风，横渡虹桥离开。可是，图书之助大人你没有办法。啊，我不甘心。多想让那群追兵看见我俩穿着蓑衣斗笠，宛如神仙眷侣的姿态，他们肯定会在日月夕阳的光芒下诚心膜拜。可恨我已盲目，连你的性命都救不了。请你原谅我。

图书之助　我不后悔！公主大人，请您动手了结我的性命吧。

富　　姬　对，我不会让别人动手。不过，我也不会苟活，你死去后，我将与这天守的尘埃、煤灰及落叶一同腐朽。

图书之助　唉，为什么连您也非死不可呢。美丽的公主，您在这世上长命百岁就是最好的礼物，我将带着这份礼物前往另一个世界。

富　　姬　不，杀了你后共赴黄泉，是我心甘情愿。

图书之助　公主大人，您是认真的吗？

富　　姬　对，当然——真想看到说这番话的你，只要一眼就好……这明明是千年、百年难逢的……我唯一的恋情。

图书之助　是啊，我也好想再看一眼您高贵美丽的容颜（两人紧紧抓着彼此）。

富　　姬　不需要前世与来生，至少让我们拥有现在。

图书之助　啊，天守下的人在叫嚣了。

富　　姬　（姿态凛然）可恨啊，要是有多一点时间，就能拜托夜叉池的阿雪或远方猪苗代的妹妹来帮忙。

图书之助　我已有心理准备，公主大人，请将我……

富　　姬　我还放不下你，不，我还放不下救你的念头。

图书之助　再犹豫下去，我就要死在追兵手中，因人类的自相残杀而死。如果您不愿意动手，我就自己——（伸手握住刀柄。）

富　　姬　不能切腹！唉，真无奈。那么，就由我咬牙为你介错[1]吧。同时，一刀刺穿我的心脏——我的胸口。

图书之助　要是至少能看一眼，此时诉说这番话语的您的嘴，该有多好。

富　　姬　就算只是一根睫毛也好，我也想看到你（放声哭泣）。

此时，后方柱子中传出巨响。

"等等，别哭，别哭。"

那是位六十岁左右的和蔼老人，木雕工匠近江之丞桃六。只见他戴头巾，穿绑腿裤，腰上挂着装有点火工具的打火袋，扇着扇子现身。

1　在日本切腹仪式中，为切腹者斩首，免除其受痛苦折磨的辅助者。

桃　　六　　美丽的人们啊，别哭泣。（一步一步走上前，抚摸狮子头）我先帮你凿开眼吧。

　　　　　　说着，近江之丞桃六从打火袋中取出一把凿子，为狮子凿出双眼。

　　　　　　夫人与图书之助同时发出惊叹声。

桃　　六　　如何？看得到了吧？哈哈哈哈，双眼睁开了，狮子高兴地睁开眼了。哦哦，会笑啦？很好，很好，啊哈哈。

富　　姬　　老爷子。

图书之助　　这位老人家是……

桃　　六　　没错，我就是帮某人雕了牡丹发簪，又雕了这颗狮子头的近江之丞桃六，只是丹波国[1]一个削牙签的工匠罢了。

富　　姬　　哎呀，（忽然发现自己与图书之助相互倚靠）被您看到这副模样，真害臊。

　　　　　　夫人和图书之助一起躲进披风下。

桃　　六　　呵呵，还是看得到，不管是你们害臊还是难为情的模样都一清二楚，不过看起来还是很开心。哈哈哈哈，年轻人感情真好哪（以打火石打火，点燃叼在口中的烟管，抽起烟来）。经过这番折腾，先

1　约为现今日本的京都、兵库、大阪一带。

好好休息,放心睡一觉吧。之后,我再帮你们把眼睛雕得更清明些。

桃六试敲了几下凿子,月光照进楼阁。

桃　六　光照进来也是理所当然的,眼珠啊,看清楚,这是月光。(再试敲几下凿子,侧耳倾听天守下方喧闹的叫喊声)即使人间陷入征战,蝴蝶依然飞舞,抚子与桔梗依然盛开,狮子也依然在这里啊,傻瓜。(呵呵一笑)就把这场纷扰当成祭典吧,(敲下凿子)枪、刀、弓箭、火炮、城里的家伙们啊。

(落幕)

原作发表于《新小说》,1917 年 9 月

高野圣僧

一

"原本以为不必打开那本陆军参谋总部编纂的地图，谁知道路实在太崎岖坎坷，只好卷起光摸着都觉得热的旅装衣袖，拉出那本附有封面的折叠地图。

"那是从飞驒通往信州[1]的山中道路，而且是偏离大道的岔路，连一棵能让人靠着休息的树也没有，放眼望去，左右两边除了山之外什么都没有。有些山峰看似伸手可及，但一山还有一山高，峰顶之上还有更高峰，抬头别说飞鸟，连片云也看不到。

"道路和天空之间唯有我一人，走在正午阳光直射之处，只能勉强把戴在头上的桧皮笠压低，用来抵御炽烈得近乎发

---

1 现今日本岐阜县北部到长野县。

白的日光,像这样查看地图。"

云游僧说着,双手握拳放在枕头上,再以拳头支撑额头趴睡。

这位恰巧与我同路的上人,从名古屋到越前敦贺这间旅馆的途中,截至目前,就我所知,他从未仰躺就寝。换句话说,我猜他可能是性情高傲的人。

我和这位僧人最早在东海道挂川驿站搭上同一列火车,还记得当时他垂着头坐在角落的位子上,整个人好似槁木死灰,我不由得注意到他。

其他乘客像是早就约好,全在尾张车站下车,最后留在车上的,只剩我与他两人。

这班火车于前晚九点半从新桥出发,预计今日傍晚抵达敦贺。经过名古屋时恰恰是正午,我便买了一折[1]的寿司当午餐。云游僧和我买了一样的寿司。不料,我打开盒盖一看,竟是只撒海苔的下等什锦拌饭。

"太过分了,居然只有红萝卜和葫芦干!"听到我不正经的叫喊声,云游僧看了看我,一副忍俊不禁的样子,终于窃笑失声。原本车上就只有我俩,此一插曲又更拉近我们的距离。一问之下,他正要前往越前,拜访宗派不同的永平寺。不过,在那之前会在敦贺先过一夜。

---

[1] 便当盒的计算量词。

要回若狭省亲的我也打算在敦贺过夜,我们便约定同行。

他隶属高野山的寺庙,约四十五六岁,个性温和,没什么特异之处,稳重的言行举止让人颇有好感。他穿着毛呢方袖外套,搭配白色法兰绒围巾,戴了顶土耳其帽和毛线手套,脚上是白布袜及晴天穿的低跟木屐。乍看之下,与其说是僧侣,不如说他更像俳句、茶道或花道之类的老师。不,或许比那样的人物更平凡。

由于他问我"晚上要在哪里留宿",我便叹着气说起独自旅行时,在住宿处遇到的种种无聊事。先是端着托盘的女侍打起瞌睡,旅店掌柜又只会满嘴漂亮话,不然就是穿过走廊时,老觉得被人盯着打量。最难以忍受的,莫过于一用完晚餐就把照明换成昏暗座灯,仿佛无言命令旅客"该休息了"的旅店。我是那种不到半夜便无法入睡的体质,睡着之前的心情实在无从排遣。尤其最近夜晚时间长,只要一离开东京,我就为过夜的事烦恼得不得了。于是,我问那位云游僧:"如果不碍事,可否让我跟上人一同投宿?"

僧人爽快地点头答应,还说他每次行脚北陆地区时,都会投宿在一个叫"香取屋"的地方。那里原本是一间客栈,可惜把生意做出口碑的老板独生女去世了,现在已没有营业。不过,年迈的老板夫妇对于从前的熟客仍来者不拒,总是殷勤款待。"您要是不嫌弃,就一起在那里过夜吧。"僧人这么说着,忽然放下寿司盒,咯咯笑道,"不过,只有红萝卜和葫芦干可吃哟。"

没想到外表拘谨的他，其实挺风趣幽默。

二

在岐阜还看得到晴朗的蓝天，再往北走就是众所皆知的北方天空了。米原、长滨一带微阴，虽然仍有几丝阳光，但已开始觉得冷。到了柳濑更是下起雨来，随着车窗外的天色愈来愈暗，渐渐飘起白色雪花。

"下雪了。"

听到我的话，上人回答"是啊"。看似不以为意，也没有抬头看天空。不仅如此，当我指着古战场说"看得见贱岳呀"，或是谈论琵琶湖的美景，这位云游僧都只是点点头而已。

敦贺这地方有个令人背脊发凉的恶俗，那天也不出所料，打从下了火车，从车站出口到城镇入口的路上，写着旅店名称的招牌、灯笼及雨伞筑成一道墙，店家大声为自家旅店揽客，滴水不漏地包围走出车站的旅人。其中最恶劣的，莫过于干脆一把提起旅客的行李，口中嚷着"欢迎大驾光临本店"的店家。我有头痛的宿疾，简直难受到气血冲脑。幸好，云游僧一如往常地低下头，一副没事人的样子穿过人群，谁也没伸手拉他的袖子。我就这样尾随他进入小镇，松了一口气。

雪不间歇地下着，不过已不再掺杂雨水，干爽而轻飘飘地打在脸上。天才刚黑不久，敦贺的街道上家家户户早已大门深锁，万籁俱寂。走过一两条纵横交错的道路，弯过积着大片白雪的街角，差不多走将近一公里，便抵达上人说的香取屋。

那是一栋老民宅，无论凹间还是客厅都没有多余的装饰，但有结实的梁柱、坚固耐用的榻榻米和一个大暖炕。炕上吊着鲤鱼形的钩子，鱼鳞泛着黄金般的光泽。除此之外，炕边还有两座漂亮的大灶，上方挂着看似能煮十升米的大铁锅。

香取屋的老板有着像法然大师一样凹陷的头顶，双手缩在棉袍袖子里，站在火钵前也不伸出手，是个沉默寡言的老爹。老板娘待人亲切，是个好相处的老婆婆，一听到云游僧讲起红萝卜和葫芦干的事，晚餐时就笑眯眯地端出加了小鱼干、比目鱼干和昆布丝的味噌汤。从说话的语气和应对的态度看来，她和这位上人的关系比一般客人亲近，对同行的我也爱屋及乌，使我感觉如饮甘霖。

稍晚，老夫妇为我们在二楼铺了床。二楼的天花板低矮，斜斜横过屋顶的梁柱是一根粗得可供两人环抱的大圆木，靠近屋檐的房间角落，天花板更是矮得一站起来就会打到头。有这么倾斜的屋顶，就算后山雪崩也不用担心。

见被褥铺在地炉上，我更是开心得立刻钻进去。另外还有一套被褥，一样铺在地炉上，云游僧却不过来，兀自把枕头移到旁边，睡在没有暖气的垫被上。

就寝时，这位上人连衣带也没解开，当然没有换下衣服，就这么穿着外出服。低头蜷身，腰部以下钻进被窝后，他抓起被角披在肩上，再双手伏地调整姿势。他的睡姿恰恰与一般人相反，脸正对着枕头。

很快地，四周沉静下来，上人似乎也快睡着。我像个小孩似的说："在火车上提过，我不到深夜难以入眠，就当是同情我，暂且陪我聊聊吧。我想听您云游各地时发生的趣事。"

于是，上人点头回应："进入中年之后，我就养成入睡时不仰躺的习惯，即使睡着，也仍保持这样的姿势。不过现在我还清醒，和你一样无法立刻入睡。尽管我是出家人，能聊的也不净是教诲戒律或讲经说法。年轻人，你听仔细了。"后来我才知道，原来他是隶属六明寺的宗朝大和尚，在该宗派里是声名远播的讲经法师。

三

"等一下还会有一个人来投宿。听说是若狭的漆器行脚商人，和你岂不是同乡？那男人虽然年轻，倒是令人佩服的老实人。

"我现在要说的这件事，发生在行经飞骅山脉那一年。当时我在山脚下的茶馆里也认识一个来自富山的卖药人,却是阴沉讨人厌的年轻人。

"事情发生在准备翻过山岭的那天早上。由于前一晚投宿旅店,当天凌晨三点我就启程出发,趁着天气凉爽赶了六里路,来到那间茶馆时,晴朗的早晨恰恰开始变热。由于急着大步赶路,我干渴得受不了,一心想赶紧喝杯茶,偏偏店家的水还没烧开。虽然是日出得早的季节,在这种人迹罕至的山路旁,连牵牛花都还没凋谢的时间,要茶馆生火烧水确实是强人所难。

"板凳前有条小水管,我正想拿水桶过去汲水,忽然心生警觉。

"正值酷暑,四处流行着可怕的传染病,事实上,先前经过叫辻村的小村里,不就到处撒满消毒用的石灰粉吗?

"'大姐,请问……'我对茶馆里的女人开口,'这是井水吗?'这话挺尴尬,我问得吞吞吐吐。

"'不,是河水。'她这么说,我总觉得奇怪。

"'山下盛行传染病,这水该不会是从那个叫辻村的地方流过来的吧?'

"'没这回事。'女人直率地说。我欣慰地想着,那太好了。不过,你接着听下去。

"从方才开始,那个卖药人就在茶馆里休憩,一看就是四处兜售万金丹的小贩。你也知道,这类卖药人的打扮都差不多。上衣是细长直条纹图案的单衣和服,系小仓腰带,最近还时兴在腰带里塞个表。至于下半身则是紧身裤加绑腿,脚上当然穿的是草鞋。浅蓝绿色的棉制方形包袱巾在脖子上打结,不是用扁平的绳子把折起来的桐油纸雨衣绑在包袱巾右边,就是带一把细格纹的棉制雨伞。乍看之下,不得不说每个卖药人都老实又明事理。然而,这种人一到旅馆就会换上图案夸张的浴衣,腰带也不系好,就这么一边啜饮烧酎,一边把小腿搁在旅馆女侍浑圆的膝盖上。那群卖药的都是这副德性。

"'喂,花和尚!'那个卖药的这样叫我,一副瞧不起人的嘴脸,'别嫌我问你这么奇怪的事,你们当和尚的,在这世间已无法和女人相好,还会爱惜生命吗?说来不可思议,欲望这种东西是无法隐藏的。瞧瞧这位大姐,不觉得自己对世间有留恋吗?'接着,他和茶馆的女人互望大笑。

"那时我还年轻,不禁涨红脸,拿着汲来的水,喝也不是,不喝也不是。卖药的敲敲烟管。

"'怎么?别客气,尽管喝啊。万一有生命危险,我会给你药。这就是为什么需要我啊。大姐,你说是不是?喂,话虽如此,可不是免费奉送。不管怎样,这是灵效的万金丹,一包三百,想要就掏钱买。我没犯过非布施和尚不可的罪。还是怎么着,你要听我的吗?'说着,他拍了拍茶馆女人的背。

"我急忙躲到店外。不是啊,一下膝盖,一下又是女人的背,我这把年纪的和尚说这种话恐怕会遭天谴,但故事毕竟是故事,请睁一只眼闭一只眼。"

四

"为了疏解气愤的情绪,我一股脑地埋头赶路,沿着山麓不断前进,来到田亩旁的小路。

"走了五六十米,路突然往上倾斜,从侧面可清楚看出有个地方特别高,呈现弓形,宛如用土盖出一座拱桥。我走到相当于桥墩的位置,望着上方,打算跨上去时,刚才那个卖药人踩着嗒嗒的脚步声,追了过来。

"我们没有交谈,就算对方说了什么,我也不打算回应。这个趾高气扬的卖药人以轻蔑的目光打量我,故意越过我身边,径自往前走。走到隆起处的最高点时,他把伞插在地上停了一会儿,接着就走下坡,身影消失在另一端。

"我也一步步往上坡前进,很快地,和刚才的他一样来到相当于拱桥顶的最高处,不过我并未停留,立刻走下坡。

"卖药的虽然早我一步下坡,却站在原地环顾四周。我不悦地朝他走去,心想这家伙肯定在打什么歪主意,仔细一看,马上知道了原因。

"路在那里分岔,一条是陡峭的上坡,两侧生有茂密的野草。路旁转角处,有一棵可供四人,不,可供五人环抱的粗大桧木,后方则是三四块像被谁切割后并排在此的大岩石。这条路绕过岩石后方,继续蜿蜒向上。不过就我看来,该走的不是这条,而是和方才走来那条宽敞道路相通的主要干道。只要沿着那条路,再走不到两里,应该就能抵达山巅。

"不经意间朝那条路一看,不知为何,刚才说的那棵桧木竟倒在一旁空荡荡的路上,像彩虹一样横越辽阔田亩上方的天空。桧木树根处的泥土崩坍,好几条形似粗大鳗鱼的树根露出地面,喷出一条水柱,朝我原本打算走的那条路漫溢,附近的路面全淹没在水中。

"水流湍急,就算将田亩淹成湖泊也不奇怪,从眼前流向前方一处竹林,两处之间形成一条约莫一百多米的小河。河中零星散布着踏脚石,肯定出自某人之手,只要踩着踏脚石往前跳,就能前往竹林。

"尽管不至于得脱衣游泳渡河,但马匹无法走上这条路,它大概很难发挥主要干道的作用。看到这种情形,卖药的也犹豫了吧。只见他思考一会儿,干脆豁出去改变方向,踏上右边那条斜坡路,一转眼就钻过桧木的树枝底下,爬到跟我差不多高的地方,回头说:'喂,要去松本的路是这条。'接着,他又往前走五六步。

"这次他从岩石后方探出上半身:'再发呆下去,小心树精把你掳走。就算是白天,那些家伙也不会客气。'嘲弄完,他的身影又隐没在岩石后方,消失在高处的草丛间。

"过了一会儿,才在必须抬头仰望的高处看到他那把伞的尖端,不过,那也随即擦过树枝,被茂密的野草掩盖了。

"就在这时,伴随着开朗的吆喝声,一个屁股上挂着草席，单手扛着一根空扁担的农人，沿着眼前小河里的踏脚石，一脚一块地跳了过来。"

五

"不用说，从刚才那茶馆到这里来的一路上，除了卖药人之外，我谁也没遇见。

"毕竟卖药的看起来是跑遍大江南北的行脚商人，临走之际说的那句'路是这条'不免令我犹豫起来，明明早上出发前仔细看过地图——就是之前我提过的那张地图。正当我考虑再次打开看看时，农人就出现了。

"'能不能请教一下……'我开口向那名农人搭讪。

"'怎么了吗？'住在山区的人，看到出家人总是特别客气。

"'不是什么大事，只是想请问一下，是否沿着这条路直走就行？'

"'您要去松本吗？是的，是的，这条是主要干道。只是，前些天下起梅雨，淹起大水，形成一条惊人的河流。'

"'这水还继续往前淹到很远吗？'

"'这位师父，实际情形不是眼前看到的样子。水只淹到前面那座竹林，再过去就是跟这边一样的道路，推车也能一直通行到那边的山里。竹林旁有幢大屋，原本是医生的家，这一带算是个小村,只是十三年前一场大水,把四周全淹没了,退水后剩下一片荒原,死了好多人呢。所以,这位师父啊,行经那里时,请一边念佛一边通过吧。'亲切的农人连我没问的事都说了。这么一来,我弄清了状况,确定前进的方向无误。问题是,有人搞错了方向。

"'请问那条路又是通往哪里?'我向农人打听卖药人走上的左边那条斜坡路。

"'那是旧路,差不多到五十年前为止还有人走,一样是通往信州的路,到了前面也会和主要干道会合。虽然是比主要干道近了七里左右的捷径,现在已经无人通行。去年有僧人和带着孩子的参拜者迷途误闯,可不得了呢。就算乞丐也是一条人命,我们村中派出十二个人,和三位警察大人合力从这里勉强入山搜寻,好不容易才把人带回来。所以,这位师父,别仗着体力好抄捷径。沿着主要干道走,就算累得露宿野外,都比误闯这条旧道好。是的,路上请小心。'

"我在此与那名农人道别,原想直接踩着河里的踏脚石往下走,却突然担心起卖药人的安危,不由得踌躇起来。

"一方面心想,那条路未必有农人说的那么可怕,一方面又怕万一是真的,我岂不是等于见死不救了吗?我本是出家人,没有非得在天黑前找到落脚处不可的道理。好吧,追上去将他带回,万一真的不小心走上旧道,也不会发生什么怪事。再怎么说,现在不是野狼出没的时节,更不是魑魅魍魉、妖魔鬼怪四处游荡的时候,总会有办法。这么一想,我再朝农人离开的方向望去,已看不到那亲切的背影。

"好吧!

"我下定决心,朝上坡路走。之所以选择这么做,绝不是出于英勇的男子气概,当然也不是按捺不住的冲动。我这么说,听起来好像有所觉悟,实际上只是胆小鬼,爱惜生命到连饮用河水都担心染病丧命的地步。既然如此,为何我会选择那么做?请听我说。

"如果是只有一面之缘的男人,老实讲,我一定会任由他去。然而,正因对方是令我反感的人,若我置之不理,岂非刻意陷人于死地?日后一定会备受良心谴责。"

说到这里,宗朝依然低着头趴在棉被里,双手合掌:"那么一来,也会愧对自己口中诵念的经文。"

六

"请继续听我说吧。后来,我穿过那棵大桧木,从岩石下爬到岩石上,钻进森林,沿着长满野草的小径不断前进。

"不知不觉翻过刚才那座山头,来到另外一座山附近。放眼望去,荒野似乎经过开拓,一条比先前走过的主要干道还开阔的道路向前延伸。

"这条路的中央有些隆起,感觉就像隆起的东西两侧有两条道路并列。我恍然大悟,这在从前,应该是连举着长枪的队伍也能通过的一条路。

"在这片原野上,视线所及范围内仍看不见一丁点卖药人的身影,只有小虫不时在烧红般的天空盘旋。

"说来奇怪,我愈往前走愈不安,眼前辽阔的视野反倒令人不放心。横越飞騨山脉的路上,走七里顶多遇到一户人家,十里范围内未必能经过五户人家,若能承蒙收留,有一点粟米饭可吃已算幸运。我早做好心理准备,对脚程也有一定程度的自信,不屈不挠地前进。然而愈是往前,两侧山壁愈朝中央逼近,几乎要碰到肩膀,路幅愈来愈狭窄。随即,又是一段上坡路。

"我这才发现已来到著名的天生岭,赶紧打起精神,毕竟天气炎热,得小心谨慎才行。我喘着气,重新系紧草鞋的鞋带。

"好多年后,我才听说那附近有个通往美浓莲大寺大殿地下的风穴,不过当时对此一无所知。既无心欣赏景色,也未曾感受到奇迹,连天气是阴是晴都记不得,可见我多么心无旁骛,一心只想往山上爬。

"对了,要告诉你的故事,从这里才要进入正题。如我刚才所说,这条路的路况实在很差,不仅看似杳无人迹,可怕的是还有蛇。只见一条蛇头尾分别埋在道路两侧的草丛中,拱起身体,像在路中间筑起一座拱桥。

"第一眼看到那家伙时,我头上还戴着竹笠,手中还拄着竹杖,整个人吓得倒抽一口气,双腿一软跌坐在地。

"我从小最怕的就是蛇,不,与其说是害怕,不如说是厌恶。

"值得庆幸的是,那条蛇拖着尾巴往前爬行,并未像我以为的那样抬头威吓,窸窸窣窣地从草上爬走。

"好不容易起身,我沿着道路又往前走五六百米,再度看到头尾藏在草丛里、只有阳光晒得干瘪的身躯横陈路中间的蛇。

"我尖叫后退,这条蛇一样爬进草丛躲藏。问题是第三条蛇,身躯粗大得吓人,见到我也不立刻爬走。我随即发现,就算蠕动着爬出来,以这条蛇的身长恐怕得爬上五分钟才看得到头部。无奈之余,我只得从它上方跨过。那一瞬间,我下腹僵硬,全身寒毛倒竖,肯定连毛孔都变成鳞片,脸色也难看得像蛇吧。我害怕得忍不住闭上眼睛。

"全身冒出黏腻的冷汗,在一阵恶心中继续前进。脚步虽然有所犹豫,但也不能杵着不动,我战战兢兢地继续赶路。

"不料,接着又看到一条身躯断了半截的无头蛇。伤口发青,流出难以形容的黄色汁液,剩下的半截身躯微微抖动。

"我吓得六神无主,正欲朝来时的方向逃窜,又想起这么一来,不就得再次跨过刚才那条大蛇了吗?我宁愿被杀死也不想再跨过它。哎呀,要是先前那名农人提到旧路上有蛇,就算会下地狱，我也不会踏上这条路。一边如此后悔，一边在太阳下流泪。南无阿弥陀佛，如今回想起来，这件事仍叫我毛骨悚然。"上人扶着额头这么说。

七

"再烦恼下去也不是办法，我决定豁出去。不过当然不是走回头路，无论如何，回头路上终究躺着长近一丈的蛇尸，我尽可能朝远离它的草丛狂奔。总觉得那另外半截身躯随时会缠上我的脚，我担心得双腿紧绷，踩到小石子绊倒，跌伤了膝盖。

"接下来，拖着受伤的膝盖走路有点困难，然而，若是就此倒下，我只会因酷暑而热死。我激励着自己，勉强朝山岭前行。

"别的不提，光是路旁草丛冒出的蒸气就不容小觑。脚边不时有巨大的鸟蛋滚落，可见那草丛多么茂密。

"沿着大蛇般蜿蜒的上坡路走了约莫两里，尽头是一座山崖。我绕过岩石，沿着树根前进。路愈来愈崎岖难行，我打开参谋总部的地图查看。

"即使这么做，路途依然坎坷，眼前的景色正如先前那名农人所说，这条路肯定是旧道无误。就算如此告诉自己也改变不了什么,尽管地图上确实记载着这条路,看来只是在栗子毛般的记号上拉出一条红线罢了。

"地图不会告诉你这条路走起来有多辛苦,也不可能有蛇、毛虫、鸟蛋和草丛热气的标记。我卷起地图放回怀中,打起精神默念佛号,还来不及喘口气,眼前又是一条蛇无情地横卧在路中央。

"就在我心想,或许再怎么祈祷仍会遇到蛇时,忽然察觉蛇是山中之灵,于是丢下手杖,双膝跪地,双手撑在火烫的地上。

"'真的非常抱歉,请让我通行吧。我会尽可能不打扰您的午休,静静通过。请看,我也把手杖丢弃了。'我在心中让步,诚心诚意恳求后,一抬起头便听见惊人的声音。

"当下的感觉是,可能要出现非比寻常的大蛇了。三尺、四尺、五尺四方……草丛晃动的范围逐渐扩大到一丈左右,朝旁边的小溪呈一直线倒下,最后,连远方的山峰和山峦也一起晃动。我恐惧得全身颤抖,无法站立,周身发寒。回过神时,一阵山风自山上吹拂下来。

"就在这时,我隐约听见山中传来的回音,仿佛深山里开了一个洞,从那里团团卷起一股旋风。

"或许是我的诚心打动山中之灵,蛇不见了,暑气也不再那么难耐。我振奋精神迈步向前,过不了多久就明白风忽然变冷的原因。

"原来，眼前出现一座大森林。人们常说'在天生岭，万里无云也会下雨'，我也听过这里有一座自神话时代至今未经砍伐的森林。仔细想想，刚才一路上看到的树未免太少。

"才刚送走蛇，又转变为将有螃蟹横行而过似的氛围，连草鞋都变得湿凉。走了一阵子，周遭暗了下来，幽微的阳光从仅能模糊分辨杉树、松树和朴树的遥远地方射进森林，昏暗之下，连土壤看起来都是黑色的。其中，日光照进森林之处，美丽的光线形成蓝色与红色的皱褶。

"高处枝头上，积在叶子表面的露水如细线般流下，不时濡湿脚尖。此外，偶有落叶自常绿树上飘下。分不出是哪一种树的叶子啪啦啪啦落下，有的沙沙擦过桧皮笠，有的落在我的身后。那或许是在枝头与枝头间飘荡，几十年后才终于落地的叶子。"

八

"我心中的不安自是不言而喻，说来懦弱，但像我这般道行不足的人，身处暗处反而更容易有所觉悟。别的不提，在凉爽的环境中，身体放松下来，也就忘记双腿的疲倦，多赶了不少路。走过大半个森林时，从头上五六尺左右的树枝掉下一样东西，落在我的笠顶上。

"像是个铅锤,我心想大概是树果之类的吧,甩了三次头也甩不掉。我不当一回事地伸手去抓,传来一股滑腻冰凉的触感。

"定睛一看,那就像撕成小块的海参,没有眼睛也没有嘴巴,不过确定是一种动物。我一阵恶心,正想丢掉,它竟滑向我的指尖,吸吮我的指头才往下坠。瞬间,指尖渗出艳红美丽的血。我吓了一跳,低头凝视时,发现和刚刚那只一模一样,宽约五分、长约三寸的山海参吸附在我弯起的手肘上。

"我还愣在那里,那家伙一边从下往上收缩,一边逐渐膨胀。由于持续吸入鲜血,原本混浊黑色的滑溜肌肤逐渐呈现茶褐色的条纹。没错,这个像凹凸不平小黄瓜的生物,就是吸血蛭。

"任谁都认得出,只是这家伙实在太大,我一时之间没有察觉。不管在哪块田地,或是任何沼泽地带,都不可能出现这么巨大的吸血蛭。

"我猛力晃动手臂想甩掉,它却牢牢吸附,怎么也甩不掉。无奈之余,虽然恶心也只好徒手抓住硬扯,噗滋一声,总算扯下来。我一刻都无法忍受继续抓着,立刻将吸血蛭朝地上甩。不过,这里或许是聚集几万只巨大吸血蛭的地方,连森林中照不到阳光的泥土也像特地为它们准备似的松软,即使我用力往地上甩,吸血蛭仍没有摔烂。

"我随即感到领口附近微微发痒,手心探进去一摸,滑腻的吸血蛭正试图横越我的背部。哇！胸部下方躲着另一只，腰带里也有一只。我脸色发青，往肩上一看，这里也一只。

"情不自禁跳起来，全身颤抖朝大树下狂奔，我一边跑，一边不顾一切地扯下在身上找到的吸血蛭。

"总之就是可怕。刚才那棵树上一定有吸血蛭栖息，我在恶心之余回头望去，映入眼帘的那棵不知名树上，果然有数不清的吸血蛭像树皮般覆盖了整棵树。

"我环顾四周，右边、左边、前面的树上也不例外，全布满吸血蛭。

"我忍不住发出恐惧的哀号。然后，你猜发生了什么事？我看得一清二楚，瘦长到露出深黑色条纹的吸血蛭，从上方如雨般纷纷落到我的身上。

"吸血蛭接二连三掉在穿着草鞋的脚背上，一只贴着一只，我很快就看不到自己的脚尖了。只要它们还活着，便会不断蠕动吸血。看到纷纷收缩着身体的吸血蛭，我差点昏厥。就在这时，脑中浮现一个奇妙的念头。

"这些恐怖的山蛭，或许从遥远的神话时代便群聚于此，等待人们的到来。在堪称永久的时间里，这些虫子不晓得吸吮几百升的鲜血，满足了欲望。当它们的欲望得到满足，就会一滴不留地将所有吸入的人血吐出，鲜血覆盖山中所有土地，整座山或许将成为一片充满鲜血与泥泞的大沼泽。与此同时，在这晒不到日光，即使白天也一片昏暗的森林中，大树肯定会噼里啪啦碎裂,化成一只又一只的山蛭。不,我当时真的这么想。"

九

"我猜,人类灭亡时,或许不是冲破地球薄弱表面喷发的熔岩从天而降,也不是被大海淹没,而是从这座飞騨森林化成吸血蛭开始,到最后整个地球变成鲜血与泥泞的沼泽。这些身体布满黑色条状凸起的虫子洇泳其中,取代人类世代,成为另一个世界。恍惚之中,我产生了这样的想法。

"原来如此,这座森林的入口乍看平平无奇,一旦踏入其中,就会面对如此光景。要是再深入,肯定连树根都会毫无保留地腐朽,化为一只只的山蛭吧。这下我死定了,看来在这里被山蛭杀死就是我的宿命。不经意地发现,之所以浮现这样的念头,恐怕也是死期将至的缘故。

"既然都要死,不如尽可能往前走,瞧一眼世上的人做梦也想不到的血泥大沼吧。下定决心的我,再也不觉得恶心或恐惧,将身上那些如串珠相连的吸血蛭伸手拍掉,抓起来丢掉,用力扯掉……挥手跺脚,踩着狂舞般的脚步前进。

"起初,身体像是肿了一圈,痒得难受,到最后又感觉自己瘦成皮包骨,刺痛难耐。这段时间,我不断向前走,吸血蛭也不断汰旧换新,一波一波侵袭上来。

"我头晕目眩,随时可能昏倒,不过,灾难似乎到达极限,宛如来到隧道的尽头,远方天空隐约出现一轮朦月,脱离山蛭森林的出口就是那里。

"不,当我重回晴空之下时,仿佛想忘却一切、粉碎一切,身体就此倒下,横卧于山路上。无论地上有多少沙砾或荆棘,我不顾一切用身体摩擦地面,再从超过十只肚皮朝天的吸血蛭尸骸上,奔向十几米之外,全身颤抖着站在那里。

"简直是瞧不起人。周围山中的暮蝉,就在那座可能化为血泥大沼的森林旁鸣叫。日头西斜,溪底昏暗。

"无论如何,这么一来,就算成为野狼的猎物,至少能死得痛快一点。怀抱着感激的心情,眼前的坡道也渐趋和缓,不肖小僧我不应景地扛起竹杖,拔腿就逃。

"要不是饱受山蛭吸血纠缠,没有那些说不出是痛是痒、难以形容的痛苦,我一定会高兴得一个人在这条横越飞驒的旧道上,一边诵经一边跳起邪门歪道的舞。若是那样,不知将清心丹咬碎敷在伤口上会如何?看来我的神智已恢复清醒,拧了拧皮肉也能感受疼痛,确定重获新生。话说回来,那个富山的卖药人不晓得有何下场?依那种情形,搞不好他早化为泥淖中的鲜血,只剩下一张皮,遗留在阴暗的森林里,甚至连骨头都被数以百计的低等生物爬上去啃蚀殆尽,再怎么泼醋也找不到了吧。

"这么想着,我持续前行。这条缓坡走来比想象中漫长。

"下到坡道尽头时,我听见流水声。出乎意料,这种地方竟架着一道几近一间[1]的土桥。

"听见谷底溪涧声的同时,我真想一头栽进去。若能把这副山蛭吸吮得不成样的臭皮囊泡在水中,一定会很畅快吧。反正,要是这座桥过到一半便垮了,不也顺理成章吗?

"我不顾危险踏上土桥,虽然有些摇晃,倒也轻易横渡。到了对岸,眼前又是一道斜坡,而且是上坡,实在累死人。"

十

"累成这样,看来是无法爬上斜坡了。我这么想着,前方忽然传来马匹嘶鸣的回音。

"不晓得是马夫掉头,还是载货马车经过,明明不久前的早上才和一名农人道别,我却有种三五年未与人见面交谈的感觉,内心一阵怀念。只要有马,代表附近一定有人烟。这个念头令我振奋,决定再努力一下。

"幸运的是,身体没有想象中疲惫,我已抵达山中一户人家前。时值夏季,这户人家不单窗户开着,或许是山中只有这户人家,整幢房子呈现开放的状态,连称得上门的东西都没

---

1 一间约为1.8米。

有。摇晃欲坠的檐廊上,坐着一个男人。我不顾一切,上前拉着对方说:

"'拜托,拜托。'

"我又说'叨扰了',对方却毫无回应。只是歪了歪头,脸几乎要贴上肩膀,举止之间带点孩子气的稚嫩。一双黑白分明的大眼无意义地盯着站在门口的我,全身慵懒得像是连转动眼珠都嫌费力。他穿着短摆上衣,衣袖也短得不及手肘,外罩一件浆得硬挺的棉袄背心,在胸口打了个结,却掩不住凸出的腹部,看起来仿佛穿着幼儿服装。那肚子胀得像一面鼓,表面光滑,肚脐外凸。只见他一手玩弄那形状奇怪,宛如南瓜蒂的肚脐,另一手则像幽灵一样垂在半空。

"仿佛忘了自己有脚,他把双腿随意往前伸。要不是还有腰身支撑,这人恐怕会像卸下的门帘般瘫软无力。即使如此,年纪看着也有二十二三,微张的嘴巴上,鼻子塌得快被上唇卷入,额头则很凸出。原本修成五分头的头发变长了,像是鸡冠,往后颈方向贴着耳朵下垂。不晓得是哑了还是傻了,总之,是青蛙似的少年。我一阵惊讶,虽然没有生命危险,对方的长相却是另一个问题。不,事实上是个大问题。

"'想拜托一下……'

"可是,我只能先这么开口。然而,他仍一点也听不懂,啪叽一声,头朝另一个方向歪去。

"这次是脸贴在左肩上,嘴巴依然微张。像这样的人,难保不会忽然发狂，或者把我抓起来，对我的肚脐又扭又舔当成回应。

"这么一想，我不由得后退一步。念头一转，就算是这样的深山，也不可能将他一个人丢在这里，于是我稍微踮起脚尖，高声呼唤：'请问有人在家吗？不好意思，叨扰了！'

"从看似后门的地方传出马的嘶鸣，同时——

"'哪位？'储藏室传来女人的话声，我默念一句'南无阿弥陀佛'，希望出来的不要是白皙颈项上长了鳞片，拖着尾巴在地板爬行的妖怪。这么一想，我又不由自主地后退一步。

"'哎呀，是位师父？'这么说着现身的，是个娇小貌美、嗓音清亮，看起来很温柔的妇人。

"我大大吐了一口气，什么也没说，只低头应一声'是'。

"女人跪坐在地上，直起身子，打量伫立于黄昏之中的我。

"'请问有什么事吗？'

"从她未邀我进屋休息这一点看来，这户人家打一开始就决定拒绝借宿要求，也不打算留人过夜吧。

"话太晚出口就没机会说，我想拜托也无从拜托起，只好往前迈出几步。我恭恭敬敬地弯腰鞠躬，问道：

"'我打算越过山岭前往信州，不晓得还要走多久才会有旅店？'"

十一

"'这位师父,至少得走八里哟。'

"'除了旅店之外,您知道还有哪里可借宿吗?'

"'那倒是没有。'说着,女人眼睛也不眨一下,澄澈的目光凝视着我。

"'我就直说了。其实,就算您告诉我,只要再走一町[1],前面就有看在我是僧人的分上,愿意提供上等房间让我借宿一晚的人家,我也无法多走一步路。储藏室或马厩都无妨,拜托您了,请收留我一个晚上。'我一边想着刚才那马的嘶鸣肯定来自这户人家,一边这么说。

"女人思考一会儿,想起什么似的走向一旁,拿起布袋,把里面的东西往一个和膝盖差不多高的桶里哗啦哗啦地倒。一手抓着桶缘,一手往桶里捞了捞,低下头看。

"'好吧,就让您留宿。家里的米还够炊饭给您吃,现在又是夏天,尽管山里入夜依然有点冷,寝具也还够用。请进,总之先来坐坐。'

"这番话尚未说完,我已坐下。女人轻盈起身,走到我身边。

"'师父,有些事想先说清楚。'

"她这么直接,倒叫我忐忑不安。

---

[1] 1町约为109米。

"'是,有什么话请直说。'

"'没有,不是什么大不了的事。只是我有个毛病,喜欢听人说城市里的事,简直到了病入膏肓的程度。就算人家不说,我也会死缠烂打地追问。不过,到时候请您千万不要告诉我。麻烦您了,就算我硬要追问,也请您无论如何都不能说。恕我再三叮咛,这一点希望您务必遵守,绝对不要说。'

"听起来像是有什么内情。

"明明是在这种不知山高谷深的地方悄然独立的人家,女人的话显得格外奇怪,不过,毕竟不是难以遵守的戒律,我只能点头答应。

"'好,我答应,绝对不会违背承诺。'我还没说完,女人的态度立刻转为亲切和善。

"'寒舍虽然简陋,还是快请进来吧。当成自己的家,别客气。对了,我去给您打盆洗脚水。'

"'不,不用了,借我一条抹布就够了。噢,不如这样吧,若您能稍微帮我打湿抹布就太好了。我在路上历经可怕的遭遇,恶心到几乎想抛弃生命,现在只想赶紧擦擦背。给您添麻烦了,非常抱歉。'

"'原来是这样啊,难怪您流了一身大汗,一定热坏了吧?请稍等。人家说抵达旅店洗个热水澡,对旅客来说,比什么山珍海味都珍贵。别提热水,这里连杯茶都无法好好招待。不过,从屋后的悬崖下去,有一条干净的小河。干脆到那里冲

冲凉,不知您意下如何?'

"光是听她这么说,我便想飞奔过去。

"'那就再好不过了。'

"'来,我给您带路。没事的,我正好要去淘米。'女人抱起刚才那个桶子,在檐廊边穿上草鞋,再蹲下身从廊下拉出一双旧木屐。把两只木屐拿起来敲一敲,敲掉灰尘后,整齐地摆在我面前。

"'请穿这双吧,您的草鞋放在这里就好。'

"我举手行礼。

"'真抱歉,谢谢您。'

"'留师父下来过夜,或许是前世的缘分,请别客气。'她这么说,亲切得叫人害怕。"

十二

"女人说'请跟我来',便抱着淘米桶站起,将一条手巾塞进细细的腰带。

"她将头发松松绾起,插上梳子,再别上发簪固定,就别说那姿态多美了。我速速脱下草鞋,借穿那双旧木屐,从檐廊边起身,正好看到那个傻少爷。对方也盯着我,发出咿咿呀呀声,不晓得想表达什么。

"'姐啊，这个，这个……'他一边说，一边有气无力地举起手，抚摸蓬乱的头发。'师父，师父？'

"女人圆润的脸颊上笑出酒窝，连续点了三下头。

"少年'唔'一声，再次低下头，又拨弄起肚脐。

"我深感同情，因而无法抬起头。偷偷窥望女人，却见她不以为意地迈步向前。我跟在她身后走出去时，绣球花丛下忽然冒出一个老爹。

"他似乎刚从后门进来，穿着草鞋，拎着一条长绳，绳子一端是个四角布包。只见他叼着烟管，往我们身边一站。

"'来了个和尚啊。'

"女人转向他。

"'大叔，怎么了吗？'

"'没有啦，人家说驽马少根筋，指的便是那家伙。原本他就是不吃点苦头不会听话，不过，只要靠我的三寸不烂之舌，明天卖个好价钱就能换很多东西，接下来两三个月小姐都不愁吃穿。'

"'那就拜托你了。'

"'明白，明白。咦，小姐要上哪儿去？'

"'去一下崖边小河。'

"'带年轻和尚去河边，小心别落水。我会努力守在这里。'老爹一个转身，坐上檐廊。

"'师父，您听听，他竟说这种话。'女人瞅着我微笑。

"'我还是自己去吧。'我退到一旁,老爹哈哈大笑。

"'哈哈哈哈,快去。'

"'大叔,今天难得来两位客人,虽然是这种时间,之后搞不好还会有人上门。到时候如果只有次郎在家,会给人添麻烦的,请您在这里休息到我回来吧。'

"'可以啊。'说完,老爹跪坐着蹭到少年身边,用那铁打似的拳头敲了敲少年的背。这傻瓜圆滚滚的肚子顿时一阵晃动,嘴角一撇像是要哭了,又咧嘴笑开。

"我打了个哆嗦,背过身,女人仍一副不以为意的样子。老爹张大嘴巴,接着道:'趁你不在的时候,拐走你家相公好了。'

"'请便、请便,那再好不过。师父,我们走吧。'

"尽管感受到背后老爹的视线,在女人的带领下,我还是沿着墙壁,朝绣球花丛的另一侧走去。快到后门时,左边有一间马厩,里面发出咔嗒咔嗒声,大概是马在踢木板吧。此刻,天色已暗下来。

"'师父,就从这边往下走。路虽然不滑,但崎岖不平,请小心。'她这么说。"

十三

"开始下坡的地方,有棵树干细长、高得出奇的松树。树干光秃秃的，长到五六间的高度都没有一根树枝。从树下走过时，抬头可见白色月亮挂在树梢，形状清晰可辨。即使来到这种地方，月亮还是月亮。眺望着那十三夜[1]的月亮，不禁怀疑起俗世究竟在什么地方。

"忽然看不到走在前面的女人身影，我抓住树干往下窥望，才看到她就在下方不远处。女人抬头对我说：

"'这边地势忽然变低，小心点。您穿着木屐恐怕不好走，不介意的话，换穿我的草鞋吧。'

"听她这么提议，想必是发现我之所以落后，是木屐不好走路的关系。我一方面怕跌倒，一方面又想快点到河边，洗去一身山蛭留下来的残垢。

"'不要紧，如果木屐不行我就打赤脚，请不用在意。让小姐担心了，真是不好意思。'

"'咦，您叫我小姐？'女人提高声调，露出艳丽的笑容。

"'是啊，刚才那位老爹不是这么称呼您吗？难道您不是小姐，而是太太了吗？'

"'不管怎样，我的年纪都能当您的阿姨了。总之，请快下来吧。虽然建议您换穿草鞋，若是刺伤了脚可不行。况且，脚弄湿也不舒服吧？'她站在那边说着，拉起和服衣摆。白皙的脚融入黑暗中，走起路就像逐渐消融的霜。

---

1 阴历九月十三的夜晚。

"沿着坡道往下,女人身边的草丛里,跳出一只蟾蜍。

"'哇,真恶心。'这么说着,女人把脚向后一抬,往前方跳。

"'没看到有客人在吗?缠在人家脚边做什么,太享受了吧?安分点,吃吃虫子就好。

"'师父快下来吧,它们不会怎样的,毕竟是如此偏僻的地方,连这种东西都怕寂寞,想亲近人了。哎呀,真讨厌,说得仿佛我跟这些家伙是朋友,那可不行。'

"蟾蜍又一跳一跳地消失在草丛里,女人继续往前。

"'请站上来。地面泥土太软,一踩就塌,不能走。'

"她指的是一棵倒下的大树,由于被杂草盖住,只露出一部分。只要踩上树干,穿着木屐也不碍事。那棵树的树干粗得惊人,我恍然大悟。踩着树干走到底,耳边便传来激烈的流水声,但也花了点时间才走到那里。

"抬头一看,已不见松树的影子。十三夜的月亮低矮,挂在刚才走下来的那座山顶,被山头遮住一半。不过,好似伸手就能触碰到的月光,其实高不可测。

"'师父,这边。'

"女人就在眼前不远处,站在下方等待。

"那里有一整片的岩石,山谷之间的溪水沿着岩壁往下流,在底部沉积成河。河宽将近一间,走到河边,水声反而没想象中大,美丽的小河宛如溶化的玉石。远方则传来湍急的水声,激烈得仿佛要击碎岩石。

"对岸是另一座山的山脚，顶上一片漆黑。站在山脚下往月光照亮的山腹望去，其下堆栈着大大小小的石块，有形状像蝾螺的，有呈六角切面的，有尖细如剑的，有浑圆如球的，举目所及全是岩石，愈往下愈大。最下方泡在水里的，已大得宛若小山。"

十四

"'今天水量增加得恰到好处，不用泡进河里，站在上面也没问题。'女人说着，将脚背泡进水中，蜷起脚趾，雪白的裸足就这么站在河底的石板上。

"我们所在的地方，是刚才下来那座山的山脚下。水流向山脚，形成一个类似歌舞伎舞台形状的四角凹槽，这块石板正好嵌入凹进去的部位。看不到上游也看不到下游，但得看到蜿蜒的河朝对岸那座岩山流去。每隔五尺、三尺就能看到岩石露出水面，水流朝上游方向渐行渐远，在月光照耀下仿佛银色的铠甲。眼前近处的水流，则像梳理得根根分明、随风摆荡的白丝。

"'好美的河流。'

"'是的，这条河的源头是瀑布，行经这座山的旅人都说曾在某处听见大风的呼啸，您在来此的那条路上也察觉到了吧？'

"'的确，在走进潜伏大量山蛭的森林前，我也曾听见那声音。

"'那是风吹进林子的声音吗?'

"'不,大家都这么说,其实不是的。从距离那座森林三里左右的岔路进去,可看到一个大瀑布。据传那是日本第一大瀑布,只因路途险峻,实际去过的人十中无一。由于瀑布上游溪水暴涨,在距今十三年前引发一场可怕的水灾,连这么高的地方,都淹没水底,山脚下的村庄与民宅全被大水冲走。这上面原本是部落,有二十户左右的人家。这条小河就是当时出现的,请看,河里的踏脚石,全是当时冲过来的。'

"女人不知何时淘好了米,挺着胸脯站在那里,衣襟散乱,乳房半露。鼻梁高挺的脸上,双唇紧抿,抬头眺望对岸山顶,眼神迷蒙。月光只照亮山腹的岩石,却未照亮山顶。

"'现在这样看,都还觉得可怕。'女人说着,望向蹲下冲洗双臂的我。

"'哎呀,师父,您洗得这么拘谨,会把衣服打湿的,那该有多不舒服。脱光洗吧,我帮您刷背。'

"'不……'

"'不什么不,快点,快点,袈裟的衣袖都要浸到水里了吧?'女人不由分说地走到我身后,伸手去拉腰带。无视我的挣扎退缩,瞬间就把我的衣服剥光。

"我有个严厉的师父,又自知是修行人,因此记忆中一次也没在人前赤身裸体过,更别提是在女人面前。我像只蜗牛,交出视为城池的壳,无法抗议也动弹不得,只能驼着背,并拢膝盖,蜷曲着身体。女人将脱下的袈裟轻轻挂在一旁的树枝上。

"'衣服就先放在这里,我帮您刷背。哎呀,别动,就当是您称我为小姐的回礼。让阿姨我来服侍您,您就乖乖接受吧。'说完,女人咬住一边衣袖,把袖子拉高,白玉般的双臂放在我一丝不挂的裸背上。当她盯着我的背部时——

"'哇啊!'

"'怎么了吗?'

"'怎会整片瘀血?'

"'是啊,就是呢,我遇到了大惨事。'

"那段经历,如今想起仍毛骨悚然。"

十五

"女人一脸惊讶。

"'在森林里遇上吸血蛭?真是苦了您。旅人常说,飞驒山里有个地方会下蛭雨,指的就是那里。您不知道要走捷径,才会闯进山蛭窝。还留下一条命,说是佛祖的保佑也不为过,毕竟那些家伙连牛马都能杀死。不过,这片瘀血不仅看起来疼,一定也很痒吧?'

"'不,只剩下痛了。'

"'这样的话,粗布手巾会擦破您柔嫩的皮肤呢。'说着,她柔软如棉花的手抚上我的肌肤。接着,她把水泼在我的双肩、背部、侧腹与臀部。那水并非冷得刺骨,虽然和天热有关,但也不只这个原因。不知是我热血沸腾,还是女人散发温暖,总之,她掬起为我洗身的水温度适中,渗入心脾。说起来,好水本就给人柔软的感触。

"或许是那股难以言喻的舒畅引发我的困意,我打起盹来,伤口渐渐不再疼痛,意识慢慢变得模糊。拜两人身体紧密贴合之赐,感觉就像包围在花瓣中。

"女人美得不像山中居民,就算在都会中也极为罕见,更别提那纤细柔弱的姿态。帮我擦背冲澡不久,身后就传来她掩不住的喘气声。我一直想拒绝,却陶醉在那股难以言喻的舒畅中,恍惚地放任她继续替我擦洗身体。

"此外,不知是山中气息,还是女人身上的幽香,鼻端闻到淡淡的怡人香气。然而,我以为那是背后女人吐出的气息。"说到这里,上人稍微停顿。

"啊,不好意思,您方便把旁边灯笼的火光拨亮一点吗?在暗处说话,故事都显得诡异。接下来,我要抛开羞耻心,一口气说下去喽。"

事实上,房里的灯光暗得几乎看不到趴在身旁的上人。我赶紧挑亮灯,只见上人微微一笑,继续道:

"于是,我在不知不觉中,进入那梦境般散发不可思议香气的温暖花瓣中,腿、腰、手臂、肩膀、脖子感受到柔软的包覆,最后连头部也被完全笼罩。我心头一惊,一屁股跌坐在地。腿伸进水里,以为要落河的瞬间,女人的手从背后越过我的肩膀,按住我的胸口,我牢牢抓住她。

"'师父,我在您身边是否一身汗臭?我很怕热,才这样就一身汗。'我急忙放开抓在胸口的手,直挺挺地站起来。

"'失礼了。'

"'不会,又没人看见。'女人说得若无其事,我才发现她不知何时褪去衣服,裸露丝绢般光滑柔嫩的身体。

"我怎能不吃惊?

"'我太胖了,才会热成这样,实在丢脸。最近我每天都得来河边两三次,洗去一身汗水。如果没有这条河水,真不晓得该如何是好。师父,请用手巾。'女人将拧好的手巾递给我。

"'请用那个擦脚吧。'

"我的身体在不知不觉间擦干净了。这事连说出来都奢侈,抱歉啊,哈哈哈哈哈哈。"

十六

"定睛一看,和穿着衣服时截然不同,女人有着丰满的肉体与吹弹可破的肌肤。

"'刚才进马厩照顾那匹马,马朝我喷了一身气,黏黏的好难受。正好,我也来擦擦身体。'

"她与我说话的语气,仿佛我们是一对姐弟。只见她撩起黑发,拿手巾擦拭腋下,再用双手拧干。站在眼前的她,简直是雪的化身。以这条河川的灵水擦拭如此白皙的肌肤,这位女性流出的汗水肯定是淡淡的粉红色吧。

"女人拿梳子梳理一头黑发。

"'哎,一个女人做出这么粗鲁的事,要是掉进河里怎么办?若是漂到下游,村里的人看到又会有何感想?'

"'他们会以为看到白桃花吧。'我不禁脱口而出,恰巧与她四目相接。

"她看起来非常开心,嫣然一笑,仿佛年轻了七八岁,脸颊浮现少女般娇羞的红晕,低下头。

"我转移视线,然而,女人沐浴在月下水雾中的身影,清楚映照在对岸那块因溅湿而发亮的平滑大石上,散发出一丝青光。

"原先在昏暗中看不清楚,这时才发现那里似乎有个洞穴。一只和鸟差不多大的蝙蝠飞来,遮断我的视线。

"'喂,你干什么?没看到有客人吗?'

"女人对不请自来的蝙蝠发出娇嗔。

"'怎么了吗?'我穿妥袈裟,镇定地问。

"'没事。'

"女人只应了这句,似乎有些心虚地背过身。

"接着,又有和小狗差不多大的鼠灰色生物跑来,吓了我一跳。只见它从崖上横空一跃,攀在女人背上。

"裸身伫立的女人,腰部以下都被那生物挡住。

"'畜生,没瞧见有客人吗!'女人的话声里带着愠怒,'你们几个真是嚣张!'她气冲冲地说着,反手敲了敲从腋下探出头的动物。

"那小家伙发出吱吱怪叫,直接往后一跳,长长的胳臂抓住方才用来挂我袈裟的树枝。以为它要吊挂在树枝上,它却在空中转了半圈,顺势爬到树上。原来是只猴子啊。

"猴子在树枝之间跳来跳去,一转眼就沙沙爬上必须抬头仰望的高耸树顶。

"透过树叶的缝隙,恰恰能看见挂在山巅的月亮。

"女人一脸不悦。我这才想起,她今晚遭到的调戏不只这一次。蟾蜍、蝙蝠,加上猴子,总共三次。

"小动物的恶作剧似乎惹恼了她,此刻,她就像对嬉闹过头的孩子发脾气的年轻母亲。她一副要真的动怒的样子穿上衣服,我什么也没问,缩在一旁默默等待。"

十七

"温柔中带有坚强,看似亲切实则稳重,具有非常容易亲近却不能轻易狎近的气质，无论遇到什么状况都能冷静应对，不会大惊小怪——这就是我对那女人的印象。要是惹怒这位出色的美女，一定不会有好事。见女人板着脸，我顿失依靠，只敢在一旁战战兢兢地等待，没想到是白担心一场。

"'师父，刚才那些事真可笑。'女人像是忽然想起什么，露出愉快的笑容。

"'拿它们真是没辙。'

"她恢复亲切的态度，系好腰带。

"'那么，我们回家吧。'她抱起淘米桶，套上草鞋，轻盈地跳上山崖。

"'这边路不好走，师父请小心。'

"'是，不过我也大概抓到诀窍了。'

"我自认已掌握附近的状况，没想到要往上跳时，抬头一看，悬崖还是比想象中高许多。

"走着走着，回到刚才踩过的那根树干。先前提过，这根树干倒在草丛中，树皮像鳞片一样斑驳。若要比喻，松树的树干还真像一条大蛇。

"尤其是往崖上蜿蜒伸展的样子，简直像得不能再像。一想到真有躯体如此巨大的蛇，脑中立刻清楚描绘出它头尾藏在草丛里，横躺在月光下的情景。

"走在山路上，思及此事，我的脚步忍不住退缩。女人不时贴心地回头提醒：

"'走在这根树干上时,千万不能往下看。中间那段的下方恰恰是个深谷,要是眼花就糟了。'

"'是。'

"这样磨蹭下去也不是办法,我嘲笑自己的胆小,不顾一切踏上树干。为了防滑,树干上刻了纹路,只要专心走,即使穿着木屐也不碍事。

"然而,在山路上的遭遇令我难以忍受。踏上树干后只觉脚下一阵摇晃,仿佛就要滑倒。我哇地大叫,跌坐在树干上,双脚分跨在树干两侧。

"'哎呀,这么胆小。穿着木屐果然不行,换穿这个吧。来,乖乖听我的。'

"从方才开始,我对女人不由自主怀抱敬畏之心。无论是好是坏,这话听来都像命令,我只能按照吩咐换上草鞋。

"'请听我说。'女人一边换穿木屐,一边抓住我的手。

"瞬间,我有种身轻如燕的感觉,跟在女人身后,轻而易举地便走回她家后门。

"一抵达,就听见一个声音:'我说,去了那么久,和尚竟好端端地回来了?'

"'在说什么浑话?大叔,怎么没有好好看家?'

"'这时间我在不在都无所谓了。况且,要是太晚回去,这路走起来也辛苦,我想差不多该把马牵出来准备了。'

"'还真是让你久等了呢。'

"'不用客气,快去吧。你家相公也没事,只是怎么都不听我的话,哈哈哈哈哈。'无意义的一阵大笑后,老爹往马厩走去。

"那个傻瓜依然坐在同一个地方,像一只没晒到太阳就不会轻易融化的水母。"

十八

"'咿咿'的嘶鸣中,夹杂着'哗!走走走'的声音。只见老爹从后门牵出一匹马,伴随回荡在檐廊下的哒哒马蹄声,将马牵到门口。

"老爹手持缰绳伫立。

"'小姐,我这就走啦,好好招待和尚。'

"女人把灯笼提到地炕旁,往锅子下探头生火,听到老爹的话便抬起头,拿着火钳的手放在腿上说:

"'辛苦你了。'

"'没什么,不用谢。哗!'老爹拉拉马上的缰绳。那是一匹黑毛中掺杂白毛,毛皮散发青色光泽的强壮母马,并未装上马具,鬃毛有点稀疏。

"马在我眼中并不稀奇,但我也不想拘谨地坐在那个傻瓜后面。看老爹就快牵着马走了,我赶紧跳下檐廊问:

"'您要带这匹马去哪里?'

"'怎么?去谒访湖边的马市啊。走和尚您明天早晨也会走的山路去。'

"'您该不会是想乘上这匹马逃之夭夭吧?'女人急忙这么说,打断我与老爹的对话。

"'不,怎么可能。身为一个修行人,不能偷懒骑马。'

"听我这么回答,老爹接着道:

"'何况,这匹马不是普通人能骑的。和尚您好不容易捡回一条命,今晚还是乖乖待在我家小姐怀里,让她伺候您吧。那么,我就此告辞,出发啦。'

"'好。'女人回应。

"'这个畜生。'老爹拉扯缰绳,马却动也不动,翕动着鼻子,一张大脸朝我转来,似乎想看清我和女人。

"'走走走,你这畜生。真是没用的家伙,快走啊!'

"老爹左右拉扯缰绳,马的脚却像在地上生了根,纹丝不动。

"老爹非常火大,对马又捶又打,绕着马身转了两三圈,马仍一步也不动。就在老爹打算以肩膀撞马的侧腹时,它总算抬起前腿,不过也只是做做样子,四脚着地后,依然一动也不动。

"'小姐,小姐。'

"听到老爹的叫唤,女人立刻站起,移动嫩白的脚尖,躲在熏黑的柱子后方,马视线几乎不可及的地方。

"接着，老爹拿起塞在腰间的咸菜色破烂手巾，擦拭满是皱纹的额头汗水，然后说声'这就行了'，振奋精神再次绕回马前。不料，马依旧不为所动，老爹双手握紧缰绳，双腿并拢，身体后仰，用尽全力拉扯。

"于是，马发出凄厉的嘶鸣，双腿朝前方半空中抬高。矮小的老爹向后一个翻滚，咚一声倒在地上，在月夜里掀起一片尘埃。

"这一幕，或许连那傻瓜看了都觉好笑。只见他将歪着的头转正，张大两片厚唇，露出大颗牙齿，抬起原本无力垂落的手，扇风似的摇个不停。

"'这家伙真会惹麻烦。'

"女人自暴自弃地哼一声，套上草鞋走向门口。

"'小姐，别误会了。这匹马不是舍不得你，好像从一开始就盯上这和尚。师父，你该不会认识这畜生吧？'

"不，要是认识才惊人吧。没想到女人却说：'师父，来这里的路上，您是否曾遇见什么人？'"

十九

"'是的，我在辻村前遇到一个从富山来的卖药人，他早我一步走上那条旧道。'

"'这样啊,原来如此。'女人露出恍然大悟的笑容,朝马望去。她似乎觉得很好笑,那模样有些轻浮。这时的她看起来非常平易近人,我趁机问:'难道他来过这里吗?'

"'不,我不认识那人。'女人答道。她瞬间变回不可忤逆的模样,我赶紧闭上嘴巴,望向在马前腿下拍拂身上尘埃的老爹。

"'真没办法。'一边这么说,女人一边拉下细细的腰带,再将差点掉到地上的那条带子拉回来,露出有点犹豫的表情。

"'啊啊,啊啊。'傻瓜发出含混不清的声音,一如往常伸出悬空的手。女人将腰带交给他后,他便像摊开包袱巾般,把腰带放在疲软无力的腿上,绕成一个圈,仿佛守护着什么宝物。

"女人掩着和服敞开的胸口,双手交抱,静静走出门口,往马身边一站。

"我愕然望着这一幕。只见她踮起脚尖,高举曲线柔和的手臂,摸了马鬃两三下。

"站在马的正面,看似忽然长高不少的女人眼神坚定,紧抿双唇。美丽的脸庞上浮现陶醉的表情,原有的温柔、娇媚和亲切感瞬间消失,展现不知该说是神还是魔的姿态。

"霎时,寂静的深山仿佛充满精气,前后左右的山林与远方的高峰纷纷晃动抬头,噘起嘴。无视周遭动静的老爹,专注凝视眼前这远离尘世的另一个世界里发生的事,守护凛然立于马前的月下美人。

"一阵温暖的风吹过，女人从和服里抽出左手，裸露肩膀，接着抽出右手，将披在身上的单衣转到胸前揉成一团，顿时变得一丝不挂。

"马从背部到腹部的皮忽然松弛，全身汗水淋漓，至今站定不动的四条腿也颤抖起来，鼻头抵着地面，口吐白沫，前腿似乎就要弯折。

"这时，女人的手放在马的下巴，拿单衣盖住马的眼睛，接着如脱兔般纵身一跳，以后仰的姿势，在充满妖气的朦胧月光下将身体挤入马的两条前腿之间。然后，她取下罩在马脸上的衣服，一边抓紧衣服，一边从马的下腹旁穿过。

"老爹像是对一切了然于胸，趁机拉扯缰绳。马立刻奋力抬腿，朝山路迈进。哒哒，哒哒，一人一马渐行渐远，离开视野之外。

"女人拉着衣服走上檐廊，想拿回刚才交给傻瓜的腰带。傻瓜舍不得放手，紧紧抓住腰带，甚至举起手想摸女人的胸部。

"女人粗鲁地拍掉傻瓜的手，狠狠瞪他一眼。傻瓜被瞪得垂下头。这一切发生在灯笼幽微的光线下，犹如不真切的幻影。此时，炕上的柴薪烧得噼啪响，火焰熊熊燃烧，女人赶紧跑回屋内。从仿佛天上月亮的另一端那么远的地方，传来马夫哼歌的声音。"

二十

"接下来要说的,是吃饭时的事。端上桌的是寻常山中人家的菜色,有腌菜、渍生姜、水煮海带芽,味噌汤里加入了叫不出名字的盐渍菇类,不过,绝对不只有红萝卜和葫芦干。

"菜色简素,却称得上是功夫菜。我肚子也饿了,没有什么比佳肴更值得感恩,再怎么说都不可能不好吃。女人把托盘放在腿上,撑着手肘,托腮开心地看着我进食。没人陪坐在檐廊的傻瓜玩,他百无聊赖地爬进屋内,捧着圆滚滚的肚子来到女人旁边,身子一瘫盘腿坐下,紧盯着我吃的饭菜,指着我嘟哝:

"'唔唔唔唔,唔唔唔唔。'

"'怎么?你等一下再吃啊。现在不是有客人吗?'

"傻瓜露出窝囊的表情,撇着嘴摇头。

"'不要?拿你没办法,那就一起吃吧。师父,失礼了。'

"我不由得放下筷子。'请不用客气,承蒙盛情款待,我才真是愧疚。'

"'别这么说,师父。这人明明可以等一下再跟我一起吃,净会给人添麻烦。'女人依然亲切热情,很快为傻瓜准备一盘饭菜。盛饭的手势利落,就像个坚强的妻子,而且高贵优雅。女人散发一股出身富贵人家的气质。

"傻瓜浑浊的眼珠盯着女人端上的饭菜。

"'那个……啊啊……我要……那个……'他骨碌骨碌地转动眼珠。

"女人凝视着他。'这样就好了,可以吗?那种东西随时都能吃,今晚有客人在啊。'

"'嗯呣,不要、不要。'傻瓜摇动肩膀,肚皮晃动,搔着肚脐就要哭泣。

"女人一脸无奈,连一旁的我都不免心生同情。

"'小姐,虽然不晓得他要什么,您就答应他吧。这么顾虑我,反倒叫我难受。'我客气地说。

"女人沉吟半响,又问傻瓜:'真的不要?这样真的不行?'

"傻瓜快哭了。女人怨怼地睨他一眼,从坏掉的柜子拿出放在小碗里的东西,迅速盛入傻瓜的盘中。

"'拿去吧。'女人赌气似的说,强颜欢笑。

"哎呀,这下可伤脑筋。出现在我眼前的,肯定不是炖锦蛇就是焖孕猴,程度轻微点,也得看那傻瓜大口吃起晒赤蛙干的模样了吧。不料,偷瞄一眼,傻瓜一手托着碗,一手从碗里抓出来吃的,只是一条陈年腌萝卜。

"而且,那还不是切片的。一条腌萝卜只切成三段,他叼着粗大的腌萝卜,咔啦咔啦地嚼起来。

"女人显然不知所措,朝我一瞥便羞红脸。明明不该是这种人,她却露出清纯娇羞的表情,拿起放在腿上的手巾掩住嘴角。

"原来，腌萝卜是傻瓜少年的主食吗？这么说来，无论是颜色还是圆滚的模样，他的身体都像一条腌萝卜。傻瓜相公很快啃掉一条猎物，也不要求喝餐后汤，一脸倦怠地朝正面吐气。

"'不知为何，我觉得胸口好闷，一点儿也吃不下，等一会儿再吃吧。'女人连拿都没拿起筷子，将我们两人的托盘撤下。"

二十一

"忘了她垂头丧气多久。

"'师父，您也累了，请早点歇息。'

"'谢谢，我还不困。拜刚才清洗身体所赐，一身疲劳都洗去了。'

"'那水能治百病，我每次精疲力竭，瘦成皮包骨时，只要在那河水里泡上半天，就会重返青春，人也变得丰润起来。其实，就算接下来入冬，整座山都结冰，白雪覆盖所有河川与山崖，唯独那条河里的水不会消失，还会冒出蒸气。

"'无论是被枪打伤的猿猴还是折断腿的夜鹭，各种生物都会去那里沐浴，于是动物的足迹自然踏出了那条通往悬崖的道路。河水对您的身体一定也有疗效。

"'如果您还不累，请陪我聊聊天吧。我太寂寞了，寂寞得难以承受。说来丢脸,隐居在深山中,我连话都忘了怎么讲,内心不安得很。

"'师父,您要是困了也别客气。家里虽然没有像样的卧房,至少一只蚊子也没有。镇上的人都说,住在山上部落的人从未看过蚊子,到镇上过夜时,见蚊帐吊挂在床上不晓得怎么进去睡,竟大呼小叫地借来梯子,打算从上面进去呢。

"'在这里,即使酣睡到早晨也不会听见半点钟声。没有鸡啼,更没有狗叫,您可以安心就寝。

"'我家这口子自出生后就在山里长大,尽管不知世事,肚量却很宽大。不必顾虑他,也不必跟他客气。

"'即使如此,若有穿着打扮陌生的人来访,他仍会恭恭敬敬地行礼寒暄。这么一提,还没让他跟您正式打招呼。这阵子他身子不好,变得懒懒散散。不,他不完全是傻的,其实他什么都懂。

"'来,快跟师父打招呼。咦,忘了怎么鞠躬吗?'女人亲切地靠近傻瓜,从下往上窥望他的表情,一脸欣慰地这么说。傻瓜原本胡乱摆荡的手恭敬伏地,像发条松了的人偶般垂下头行礼。

"我一阵激动,也低头对他说:

"'您好,请多指教。'

"垂下头时,身体瞬间失去力气,傻瓜差点躺下,女人温柔地扶起他。

"'嗯,做得很好。'

"女人的表情像是对他有着无比的赞赏。

"'师父,刚才提到的水能治百病,其实唯独这人的病,连那水也没有办法治好。他无法用双腿站立,不管让他学什么都派不上用场。况且,您看,要他鞠个躬都这么费劲。教他的东西虽然记得住,但在他眼里都很困难,他也学得很痛苦。所以我心想,这只是折磨他罢了,便什么都不让他做,于是他渐渐忘了手怎么动、话怎么说。即使如此,他仍会唱歌,现在也还记得两三首。来,唱首歌给客人听吧。'

"傻瓜望向女人,接着打量我,怕生地摇摇头。"

二十二

"女人又是鼓励,又是哄骗,傻瓜才终于歪着脖子,一边玩弄肚脐一边唱起歌曲:

木曾御岳山,夏季亦寒冷,
勿忘多添衣,勿忘着布袜。

"'他学得很好吧?'女人侧耳倾听,微微一笑。

"不可思议的是,傻瓜唱歌时的声音,别说现在听着故事的你,就连当时的我也无法想象。那是和原本的他有着天壤之别的声音。无论是音节、曲调的高低,还是气息的长短,最重要的是那嘹亮清朗的歌声,叫人难以相信出自少年之喉。说是那傻瓜的前世从另一个世界,将声音透过特殊管子传送到他肚子里,搞不好还比较容易接受。

"我恭谨听完歌声后,双手放在腿上,无论如何也无法抬头看这对男女。心揪得好紧,眼泪啪啪掉落。

"女人立刻察觉:'哎呀,师父,您怎么了?'

"我一时发不出话,过了半晌才说:

"'没有,我没事。我不问小姐什么,也请您什么都别问我。'

"我无法详述心情,只能这么回答。其实,从之前他们相处的样子我早已明白,女人对那男人有多温柔无私。虽然与我无关,我却打心底感到高兴,忍不住流下眼泪。你说,难道不是吗?就算插上金玉发簪,身穿蝶裳羽衣,脚踏宝石彩鞋,在骊山的宫殿里与皇帝双宿双飞也不为过,她就是如此雍容艳丽的女人。

"女人似乎也不是不懂人心,立刻从神色读出我的想法。

"'师父,您真是温柔的人。'她的眼眸透出一股难以言喻的光彩,凝视着我。我低垂着头,对方也低下头。

"灯笼里的火光又暗了下来,我猜是那傻瓜干的好事。

"为什么这么说呢?就在这时,气氛变得尴尬,两人都不知该说什么才好,还想引吭高歌的那位官人一脸无趣,张大嘴巴打呵欠，一副想把灯笼吞下肚的模样。

"接着，他晃来晃去地说'睡觉吧，睡觉吧'，似乎控制不住摇摆的身体。

"'你困了是吗？要睡觉了吗？'女人说着，重新坐直。我蓦然惊醒，左顾右盼，发现月光皎洁，将户外照得如白昼般明亮。就着透进屋内的月光，我看见绣球花蓝得鲜艳欲滴。

"'师父也要歇息了吗？'

"'好的，打扰您真不好意思。'

"'那么，我这就去哄我家那口子睡觉，您请自便。这里离门口虽然近，夏天还是睡在宽敞点的地方好。我们会睡在仓库旁，您就在这里安歇吧。请稍等。'女人站起来，快步走下泥地。她的动作太急，盘在头上的黑发顺势落在脖颈。

"女人按着鬓角打开门，往门外看了一会儿，喃喃自语：'哎呀，刚才那一阵混乱中，把梳子弄掉了。'她指的是钻进马腹底下的事吧。"

二十三

这时，楼下走廊传来脚步声。由于四下沉寂，尽管来人静静迈开大步，依然听得真切。

不久，那人似乎小解完了，传来打开雨窗的声响，接着是拿勺子舀水声。

"哦,积雪了,积雪了。"如此低喃的,是这间客栈的老板。

"这样啊,原本另一个要来投宿的若狭商人,大概住到别的地方去了,此刻或许正做着什么有趣的梦。"

"请继续说完故事吧,后来怎么了?"

听了这么一个匪夷所思的故事,可不希望话题被岔开,我毫不客气地催促云游僧。

"那天深夜……"于是,云游僧又说了起来。

"您大抵也想象得到吧?不管多疲倦,如前面所述,这是位于深山的独户住家,怎么可能轻易入眠?况且,起初她不轻易让我就寝,我也有些在意,睁着清醒的双眼迟迟无法睡着。不过,身体毕竟疲惫不堪,意识逐渐模糊。再怎么说,还有好一阵子天才会亮。

"刚开始,我并未想太多,打算把注意力放在钟声上,一直想着:钟怎么还不敲,怎么还不敲呢?过了好久,正觉得奇怪,我忽然记起'这种地方怎会有山寺',倏地不安起来。

"这时,若以山谷比喻,夜晚已来到最深的谷底,耳边传来那傻瓜粗鲁的鼾声。随后,我立刻发现户外似乎有动静。

"像是野兽的脚步声,或许正从不远处走近。'不管怎么说,这都不是会有蟾蜍和猴子的地方。'为了让自己放心,我暗暗想着,却依然心神不宁。

"过了一会儿,那家伙朝正门口靠近。同时,我听见羊的叫声。

"我的枕头就对着那个方向,换句话说,那声音来自枕头旁的门外。又过了一会,右手边的绣球花下传来鸟的振翅声。

"也可能是鼯鼠,发出吱吱叫声沿着屋顶跑远。接着,另一个声音靠近,近得像小山落在胸口一样紧迫,原来是牛的叫声。远方踩着小碎步跑来的,似乎是生有双腿,脚踏草鞋的野兽。不,其实有各种东西,将这栋房子团团围绕。光是我听得见的,就有二三十种不同的呼吸声、振翅声,其中还夹杂着窃窃私语。该怎么说,那宛如一幅描绘畜生道的地狱图,在月光的照耀下形成诡异的情景。就在与我只隔一层门板的地方,魑魅魍魉发出令树叶也为之战栗的气息。

"我屏气凝神,仓库里传来声音。

"'唔唔嗯……'那是女人深深的呼吸,她似乎在梦呓。

"'今晚有客人哟。'她又这么叫了一声。

"'今晚有客人不是吗?'过了一会儿,再度听到这句话,这次她的声音清晰嘹亮。然后,她将话声压得极低:'有客人在啊。'说完,便是翻身的声响。接着,又是另一个翻身的声响。

"聚集在屋外的种种气息似乎鼓噪起来,整栋房子都在摇晃。

"我不禁诵念起陀罗尼[1]:

---

1 出自《妙法莲华经》卷七的《陀罗尼品》。

若不顺我咒，恼乱说法者，
头破作七分，如阿梨树枝，
如杀父母罪，亦如厌油殃，
斗秤欺诳人，调达破僧罪，
犯此法师者，当获如是殃。

（这意思是，假如不顺从我诵念的咒语，扰乱讲经说法者的心志，头就会破裂成七块，变得像阿梨树的树枝。罪愆之重可比杀死父母，可比榨油时加入虫子，可比做生意时恶意欺瞒，可比提婆达多杀害释迦牟尼之罪。若欲加害于这位法师，等于犯下这些大罪。）

"我专心诵念，听见树叶被风飒飒吹向南边的声响，而后四下恢复寂静。那对夫妻的卧房也很安静。"

二十四

"翌日正午时分，在山村附近，一个有瀑布的地方，我遇到昨天去卖马的老爹，他恰巧回来。

"当时我在考虑放弃修行，掉头返回山中那独户人家，和女人共度一生。

"坦白讲，一路上我满脑子都是这件事。幸亏这次途中没有蛇桥也没有蛭林,但不好走的路、满身大汗的不适,只会让我想起为了修行云游各地是多么无趣。就算成为得道高僧,披上紫色袈裟,住进七堂伽蓝,我也一点儿都不在乎。即使被人称为活佛,受尽膜拜,人们的热情只会让我感到苦闷。

"我心中仍有所犹豫,有些话刚才没说。其实,前一晚哄傻瓜入睡后,女人回到火炕边,对我说:'与其特地重返俗世受苦,不如在这夏凉冬暖的地方住下来,和我一起生活吧。'光是这句话,就使我着了魔,但请让我为自己找个借口,我实在太同情她了。独自住在深山中,陪伴连话都不会说的傻瓜,日子一久自己也忘记话要怎么说,多么悲哀!

"尤其是那天早上,东方天空发白,我抛开眷恋向她道别时,她竟露出沮丧的表情表示:'真的很遗憾。我将独自在这种地方老去,想必无法再次与您见面。日后,无论您行经多细小的河川,若看见白桃花瓣漂过,请想成是我的身体沉入溪涧,化为片片花瓣流过吧。'即使如此,她仍亲切地对我说,'只要顺着这条溪涧走就没问题。即使您觉得已走很远,坚持下去,一定能抵达村落。眼前出现跃动的流水,化为瀑布向下奔腾时,附近必有人家,请放心。'她指着看不到那栋山屋的地方,如此提醒我。

"纵然无法成为牵手的对象,只要能陪在她身边,与她朝夕闲谈,一起喝菌菇味噌汤,一起吃饭,我为火炉添柴,她把锅子搁上去,我捡来树果,她就剥下果皮,两人隔着纸门谈笑聊天，然后一同前往溪涧洗身，女人赤身裸体为我刷背，呼出的气息就近在身后，将我再次由那散发幽香的温暖花瓣包围，我死亦无憾！

"终于看到瀑布时，我竟按捺不住这番心思。现在回想起来，真是冷汗直流。

"不仅如此，当时我心志涣散，肌肉松弛，再也不想步行。眼前出现人烟本该感到高兴，我却想着'就算有人对我好，也不过是像嘴臭的老太婆招待的一杯苦茶'。我根本不想走进山村，于是停下脚步，坐在石头上，恰巧面对那道瀑布。后来我才听说，那是'夫妻瀑布'。

"瀑布正上方有一块凸出的黑色巨岩，状似鲨鱼张口。从高处流下的湍急山泉，撞击石头后分成两股水流，形成高约四丈的瀑布，落在同样泛着黑光的青色岩堆上，激出白色泡沫和水花，再以飞箭之势流入山村。被岩石挡在后方的这股水流宽约六尺，并未激出水花，只滔滔不绝地落入河中。另一道瀑布较窄，仅有三尺，由于下方岩石杂多，流水好似珠帘四散，千百颗细碎的珠子哗啦哗啦地擦过那块鲨鱼岩，连绵不断地落下。"

二十五

"那幕情景，宛若女瀑依靠着仅是一道水流也要勇猛越过岩石的男瀑。即使如此，两道水流中间隔着岩石，女瀑细珠般的水滴终究无法抵达底端，在半空相互碰撞、推挤、摇摆，仿佛尝尽艰辛的女人，姿态憔悴，水量也少，连流水声都和周围不同，听起来像在哭泣，又像在怨怼，悲哀却不失温柔。

"男瀑恰恰相反，光明正大，英姿焕发，气势足以击碎岩石，贯穿大地。男女瀑在那块鲨鱼状的岩石旁朝左右分开，化为两道瀑布落下，这幅景色令人感慨万分。内敛迎合的女瀑，就像攀住男人大腿哭得全身发抖的美女，连站在岸边观看的我也为之战栗，心跳加速。更何况，前一天我才在这瀑布的上游，与住在那栋房子里的女人一起洗澡。一思及此，不知是否错觉，总觉得女人如画的身影就要从女瀑中浮现。她的身影卷入水流，载浮载沉，肌肤被变成细长水柱的女瀑冲刷粉碎，好似片片散落的花瓣。当我还在惊讶，她的脸庞、胸部、乳房、手脚又恢复完整的姿态，浮浮沉沉，再度碎成片片，随即复原。我终于承受不住，一头栽入瀑布，想牢牢抱紧那道女瀑。回过神时，男瀑依然发出隆隆鸣响，与山谷回音相互呼应，轰然奔流。呜呼，为何有这样的力量却不拯救女瀑？算了，我一切都不在乎了！

"与其投身瀑布自尽，不如折返那栋遗世独立的屋子。正因暗自怀抱龌龊的欲望，才会变成这样，我竟还如此犹豫，简直是个窝囊废。只要能再见到那女人，再听到她的声音，就算眼睁睁看着他们夫妻同床共寝也无所谓，总比一辈子当苦苦修行的和尚好多了。我下定决心,打算不顾一切回头,刚要从岩石上起身,有人从背后拍了拍我。

"'哦,是师父。'听到这句话时,好巧不巧,我正决定豁出去。于是,我内心一惊,惭愧地回过头。不过,站在那里的不是阎罗王派来的差使,而是卖马的老爹。

"大概把马卖掉了,他双手空空,肩背小包,提着长达三尺,从头到尾遍布闪闪金鳞的鲤鱼。鱼尾不断拍动,显然仍新鲜活跳。一根稻草穿过鱼鳃,老爹就这么拎着稻草,将鱼提了起来。我不晓得该说什么,默默睁大眼,老爹也紧盯着我。接着,他咧嘴一笑。那不是普通的笑容,而是有些诡异的满足微笑。

"'在这种地方做什么?出家人必须好好修行,怎能因这种程度的暑气,就跑到水边纳凉休息?从您昨夜借宿的地方到这里也不过五里路,要是认真点儿走,恐怕早已到地藏菩萨前参拜了吧。

"'我看,您一定是对我家小姐起了邪念吧?哼哼,别想瞒过我,我的眼睛虽然红,还是分辨得出是非黑白。话说回来,要是普通人碰到我家小姐的手,又接触那条河的水,不可能至今仍保持人样。

"'他们不是变成牛,就是变成马,否则就是猿猴、蟾蜍或蝙蝠,总之,必定会化为飞禽走兽。昨夜您从那溪涧回来时,手脚面孔都维持着人形,我吓一大跳。想必是您坚定的意志救了自己,这一点倒是不能不佩服。

"'看到我牵走的那匹马了吧？您不是提过，走到小姐那栋屋子前，半路上曾遇见一个富山来的卖药人？现在您应该猜到了，那个色欲熏心的家伙，早就变成一匹马，被我送入马市卖了钱，这只鲤鱼就是用那钱买来的。鲤鱼是小姐的最爱，即将成为晚餐桌上的佳肴。我说，您到底以为我家小姐是何方神圣？'"

听到这里，我忍不住打断云游僧。

"上人，那女人到底是何方神圣？"

二十六

上人点点头，轻声低语：

"不，请先听我说。或许真与我有什么缘分，你记得有个农人告诉我，进入那恐怖魔境之前的岔路，水漫溢出来形成小河的地方，过去曾是医生的家吗？住在山中小屋里的女人，居然就是那医生的女儿。

"听说，当时飞驒一带没有特别奇怪或稀有的事，唯一称得上不可思议的，就是那医生的女儿，生来美得像一块宝玉。

"她的母亲有张大脸，垂眼塌鼻。包括那对形状姣好又充满冶艳气息的双乳在内，人人都不禁讶异，那样的母亲究竟如何生出像她一样美丽的女儿？

"女儿声名远播,众人都说,那些自古流传的故事中,屋顶被插上白羽箭,或是在竞猎时被身份高贵的人看上,用玉轿带回家宠幸的,一定就是那样的女孩。

"她的医生父亲,是蓄山羊胡、爱面子的傲慢男人。乡下人割稻时经常因稻穗跑入眼中,造成充血、结膜发炎等眼疾,这医生对眼科还有一点自信,多少应付得来。否则,他不过是对内科一窍不通,说到外科,也只会把搀了发油的水涂在伤口镇静消炎的庸医。

"没想到,所谓心诚则灵,还真有道理。在这种庸医的治疗下,竟有几个人的病痊愈,再加上那块土地没有其他医术高明的大夫,医院倒也生意兴隆。

"尤其是女儿长到十六七岁,最是芳华绽放时,众人都说'药师佛为了助人,降生大夫家'。那些虔诚的善男信女,或者说是病男病女,更是争先恐后来看病。

"既然事情演变至此,你想想,毕竟是每天在家都会看到的病患,这位小姐也就亲切寒暄,用柔软的掌心握住病人的手,问一声:'您手还痛吗?哪里不舒服?'起初,一个名叫次作,患有风湿病的年轻男人就此完全康复。后来,她一边关切'好像很痛的样子',一边摩挲腹泻患者的肚子,患者便停止泻肚了。起初只对年轻男人有效,渐渐对老人也有效,最后连女人的病都痊愈。就算无法完全康复,至少能减缓疼痛。要知道,这位庸医为病患切开肿囊、挤出化脓时,用的可是生锈的小刀,在这样的医术治疗下,病人总是痛得七荤八素,大声惨叫是家常便饭。然而,只要女儿的胸部贴住患者的背部,按住患者的肩膀,患者就能忍耐。

"有一次,那座竹林前的枇杷老树上,筑起一个可怕的大蜂窝。

"当时,医院里有个叫熊藏的二十四五岁男人。他算是庸医的徒弟,平常除了帮忙药房的工作外,也得负责打扫和下田、种菜、挖芋头等下人的工作,还在附近兼差当车夫。这家伙偷了医院里掺有糖水的稀盐酸,考虑到医生吝啬,要是被发现肯定会招来一顿斥责,他便把瓶子和裤子一起放在柜子上,逮到机会就拿出来啜两口。就是这个熊藏在打扫庭院时,发现那个大蜂窝。

"于是,熊藏走到檐廊说:'小姐,来看一样有趣的东西吧。这么说或许有些失礼,不过,只要您握住我这只手,我再把手伸进蜂窝,就能抓住蜜蜂。您的手触碰的地方,就算蜜蜂蜇到也不会痛。要是我拿竹扫把捣蜂窝,四处逃窜的蜜蜂一定会聚集到我身上,我无法忍受,肯定会立刻死掉。'接着,熊藏一边微笑,一边不由分说地抓住医生女儿的手,大步走向蜂窝。才刚走近,蜂窝立刻传出可怕的嗡嗡声。不久,熊藏伸进蜂窝又抽出的左手中,抓着七八只蜜蜂,有的拍动翅膀,有的舞动手脚,还有几只试图从指缝爬出来。

"经过这件事,'只要握过那位神明的手,连枪炮也打不穿'的谣言不胫而走,如蛛网般朝四面八方散播。

"之后,女孩不知不觉中对自身的力量有所觉悟。自从因着某个缘故和那傻瓜一起住在山里,她更拥有将人类变成动物的不可思议能力,随着年龄的增长,任何事都能随心所欲。刚开始必须用整副身体的力量压上去,后来只要用脚,再来只需伸出手,最后就算中间隔着什么东西,女人吹一口气,便能将迷途旅人变成任何她想到的东西。

"当时,那位老爹说到这里,又对我提出警告。'和尚啊,您在那栋房子周围看到猴子了吧?看到蟾蜍了吧?看到蝙蝠了吧?此外,还有兔子和蛇。它们全是和小姐去那条河洗澡的人变成的畜生!'

"我想起昨夜女人受蟾蜍纠缠、猴子扑抱、蝙蝠吸附的情景,也想起半夜袭击屋子的魑魅魍魉。想起这一切,我终于恍然大悟。

"老爹接着往下说。

"那个傻瓜就是在女孩声名大噪时上门的病患。当时他还小,在老实木讷的父亲陪同下,由留着一头长发的兄长背着,大老远地出了一座山,再爬上这座山。孩子脚上长有肿瘤,来请求医生诊治。

"当然,医生提供他一间病房,让他留下住院。可是,肿瘤不容易医治,动手术又一定会大量失血,小孩的体力不足以应付,只能姑且让他一天生吞三个鸡蛋,再聊胜于无地贴上膏药。

"撕下膏药时,无论是孩子的父亲或兄长,还是其他人动手,都因强力的膏药粘在肉上,一撕就痛,孩子不断哭号。只有女孩来撕时,孩子才总算默默忍住。

"事实上,那个庸医并不晓得该如何治疗这孩子,只能以孩子体弱为借口,拖过一天是一天。三天后,无微不至的父亲留下孩子的兄长,跪在医院地上,倒退着出了玄关大门,穿上草鞋后又双手伏地跪拜。'拜托、拜托,请务必救救我家次男的性命。'这么说完,父亲便回山里去了。

"即使如此,孩子的病情依然没有好转。过了七天,留下陪伴的兄长说:'现在正是收割的季节,田里忙得就算有八只手也不够用。再加上似乎快要进入雨季,一旦雨季拉长,山上田地的珍贵稻子便会泡烂。要是变成那样,我们就会饿死。身为长子的我是最主要的劳动力,不能再继续这样下去。'看到哭泣的弟弟,他又说:'喂,不可以哭!'然后,他也搁下病人离开。

"孩子一个人被留下时,户籍上只有六岁。其实有条规定,若双亲年过六十,二十岁的孩子可免服兵役,但不晓得哪里出错,晚了五年才帮孩子报户口,所以这时孩子已十一岁。他从小在深山里长大,村人说的话他几乎都听不懂。即使如此,他天生聪明懂事,就算一天要他吞三个生鸡蛋,他总忍耐着告诉自己,很快会开始进行治疗,到时鸡蛋的营养都会成为身上的血肉。想哭的时候,他也会记起兄长的吩咐,强忍泪水。不知道他内心究竟是怎么想的。

"女孩细心安排孩子和家人一起用餐,他却倔强地咬着切剩的腌萝卜,独自躲在角落。

"终于到了手术的前一天晚上,所有人都睡着时,他才如蚊鸣般悄悄哭泣。女孩正巧起床小便,看他实在太可怜,于是搂住他,哄他睡觉。

"治疗开始,女孩按照惯例从背后抱着他。尽管流了一身冷汗,手术刀切入身体时,孩子始终坚强忍耐。然而,不知道庸医切错哪里,孩子出血不止,转眼失去血色,性命垂危。

"医生脸色苍白,大呼小叫。或许是神明庇佑,孩子保住一条小命。三天后总算止住血,但孩子的双腿瘫痪,成为残废。

"孩子大受打击。他会看着双腿,露出沮丧的表情,像把折断的腿衔在口中的蟋蟀,叫人不忍卒睹。

"孩子终于忍不住哭泣,医生怕外人听见,一脸不耐烦,恶狠狠地瞪他一眼。同情孩子的女孩将他抱起来,他便把头埋在女孩胸前。看到这一幕,长年以来害死不少人的庸医才闭上嘴巴,双手交抱,叹一口气。

"很快地,孩子的父亲来接他回家。尽管发生这等憾事,老实的父亲仍认定是前世罪孽造成的宿命,放弃追究,也毫无怨言。只是,孩子迟迟不肯放开女孩的手。在庸医眼里这倒是好事,除了找借口推托外,为了安慰孩子的父兄,干脆要女儿送孩子回家。

"女孩送他回去的地方,就是那栋遗世独立的山中小屋。

"当年这一带还算是个小村落,共有二十几户人家。女孩原本只打算住一两天,但重感情的她又多留几天,不料,第五天下起瀑布般的大雨。雨水没有半刻停歇,待在家里也必须穿上蓑衣、戴上斗笠,否则就会淋湿。别说无法整修屋顶,连门都不能打开。即使在屋内,和其他人说话仍得大声喊叫,不然无法确定世上还有其他人存活。在大雨中度过宛如八百年的八天,第九天深夜刮起大风,风势最大之际来了一场大水,将四周化为泥海。

"不可思议的是,在那场水灾中幸存的,只有女孩和那个孩子,以及陪女孩一起来的家仆,也就是卖马的老爹。

"医生全家死于那场水灾,于是人们开始谣传,这种乡下地方会诞生那么美丽的女孩,其实是家破人亡、改朝换代的预兆。

"'小姐无家可归,和孑然一身、独留于世的孩子一起在山里住了下来。剩下的就如同和尚您看到的,小姐从此伴随在那傻瓜身边照顾他。

"'那场大水后,过了十三年。从那天到现在,她没有一天不这么做。'这么说完,老爹再次露出诡异的笑容。

"'听我说了这些,您一定会觉得小姐很可怜,兴起想帮她劈柴汲水的念头吧?这是出于人类天生的好奇心,也是好色心。您只是以慈悲或同情的借口包装，好让自己能干脆地回山里去吧？奉劝您最好不要。成为那个傻瓜的老婆，和世间断绝一切情缘后，小姐变得能随心所欲选择喜欢的男人，玩腻就吹口气，把他们化为野兽。尤其历经那场大水后，老天给了小姐那条贯穿整座山的河。河里是能诱惑男人的奇妙水流，没有任何人逃得过。

"'俗话说天狗道也得受三热之苦[1]，小姐有小姐难以逃脱的苦难。她渐渐披头散发，脸色苍白，胸部平坦，手脚瘦弱。即使如此，只要去那条河里沐浴一番，就能恢复原貌，可以说是生气勃勃，娇艳欲滴。只要她一招手，活鱼就会游过来；只要她一瞪，树果就会掉下来。她挥挥衣袖天就下雨，她眉开眼笑就会起风。

"'而且，她天生爱好男色，尤其喜欢年轻男人。她似乎也诱惑过和尚您吧？假设是真的，等她哪天腻了，恐怕您就会长出尾巴、耳朵和另外两条腿，转眼变成另一种动物。

"'很快地，等这条鲤鱼料理好，就能看到她盘腿坐在桌前，大口喝酒的魔神之姿。别再起色心，赶紧离去才是上策。您能平安无事站在这里已是奇迹，就当小姐对您特别好心吧。万幸捡回这条命，年轻人啊，一定要努力修行。'老爹又拍了拍我的背，拎着鲤鱼，头也不回地踏上山路。

---

[1] 原为佛教用语，指落入畜生道时承受热风烧灼骨肉、恶风吹走住处与衣服，以及被金翅鸟吞食的三种痛苦。

"我目送那背影逐渐变小，终于消失在一座大山后方。原本平静无风，天空满是日暮时分的红霞，忽然从山顶涌出层层乌云，瀑布发出如雷巨响。

"宛若金蝉脱壳，我伫立原地良久，出窍的灵魂才回到体内。朝老爹身影消失的远方一鞠躬，我将手杖夹在腋下，斜戴斗笠，回头便朝山下仓促狂奔。抵达山村时，下起雷阵雨。我不由得暗想，这场大雨是为了让老爹能将那尾鲤鱼活生生地带回家。"

对于这个故事，高野圣僧并未多做解释，也未借题说教。只是，隔天早晨分别后，依依不舍地目送他越过雪山时，在陆续落下的雪中沿坡道向上走的圣僧背影，就像乘云离去一般。

原作发表于《新小说》，1900 年 2 月

黑壁

上

今日聚集在此的各位,在轮到我说故事之前,诸君讲述的怪谈可以说皆具备了惊心动魄的恐惧感。不过,就算不搬出只有一只眼睛,或脖子长六尺、鼻子高八寸的各种诡谲怪物,这里也有一个看似平凡无奇,却只要一眼就足以令人战栗不已,非常可怕的物体。那不是别的,就是在人人安眠,四下静谧无声的深夜里,遇见独自走在街道上的女性。这种候,女性是否会对男性感到畏惧,我不得而知。不过,就算她会对男性感到恐惧,也只是由于男女气力的差距,担心可能遭到暴力迫害而已。

然而,换成男人可就不同了。即使是像我这种力量微小的男人,仍有不输女性的自信。尽管如此,不知为何,若是身处幽寂的场所时,突然遇上一个女人,我肯定会感到一股难以言喻的阴森鬼气，恐惧得无以复加吧。

虽然这么说对今日光临此地的贵妇人们略显失礼，但请恕我直言，原本高贵贤淑、操守高洁、稳重坦率、悲天悯人、宽容慈悲——可以世上所有展现真善美的文字形容，仿佛以柔美曲线描绘而成的女性，实际上具备阴险可怕的黑暗面，就像夜半受到欲夺取宇宙的恶魔引导，又像潜伏地底的磷每逢下雨便发光一般，自然现形。

请不要发怒，也不必引以为耻。若社会上所有人都是强盗，就不该只向其中一人问罪。与此同理，阴险的气质确实是女人共通的特性，或者可以说是一种元素，也就是构成女人的要素。

夜间正是女人发挥这种要素的时段，各位一定也能想象，深夜原本以为"这里除了自己之外没有他人"时，若有一妇人不经意出现，究竟会是什么感觉。不幸的是，本人恰恰有这种经验。

那年冬天，时值十二月，我在加贺国[1]最幽寂之处，一个叫"黑壁"的地方，半夜遇上一个女人，感受到难以言喻的恐怖。黑壁距离金泽市郊外约莫一里，是那一带众所皆知的魔境。意思就是，远离山野田园、地处深山、幽暗森林环绕之处。那里祀奉的是摩利支天的神灵。

---

1 现今石川县南部。

除了摩利支天的信徒，即使白天也鲜少有人造访，更何况入夜之后，几乎可以说是人迹罕至。我偏偏挑了这么可怕的夜晚前往黑壁，真不知道是为什么。只是凭着一股冲动吧，包括这一点在内，至今我仍不确定自己当初的意图究竟何在。我曾在白天去过两三次黑壁，能在脑中描绘出附近的地理位置。就着灯笼的火光，幽暗的夜路也不算什么，我越过陡峭的坡道，越过险峻的山路，抵达目的地时，大约已过晚上十一点。

我先前往供奉摩利支天的祠堂参拜，从一棵粗约三人环抱的杉树前经过时，忽然想起曾听说关于"丑时[1]参拜"的事，善妒的女人为了诅咒怨恨的男人会来此参拜，在这棵杉树上敲打五寸钉。

"是了是了，说不定也会有这种事。"我这么想着，提高手中的灯笼，绕着杉树走了一圈。果然不出所料，树干上充满拔钉的痕迹，宛如接受过枪林弹雨的洗礼。从离地三四尺高处，到一般女人身高不能及之处为止，钉孔密如蜂窝。纵使纯粹是迷信，实际上并无诅咒效果，一想到必须做出如此罪孽深重之事方始心安的女人心，我对遭到诅咒的男人愈加同情，光是看到此一情景，胸口便一阵不悦翻涌。正当想转移视线时，我不经意瞥见树干中央贴着一张纸。

仔细一瞧，纸上有文字，似乎是谁亲手写上的笔迹。

---

[1] 相当于凌晨一点到三点。

我凝视着纸片。在茂盛的树叶遮蔽下，纸片并未被雨打湿，字迹的墨色依然鲜明。

上面写着二十一个字："巳之年、巳之月、巳之日、巳之时出生。二十一岁之男子。"这时我才发现，从开头的"巳"字到男子的"男"字，二十个字上各被敲入一根五寸钉，唯独最后的"子"字没有。

我心想，这应该是必须花上三七二十一天连续祈愿的诅咒，昨晚是第二十夜，今晚正是下诅咒之人实现愿望的时候了吧。感觉像全身被人浇上一桶冰水，口中喃喃默念"巳之年、巳之月、巳之日、巳之时出生"时，我脑中忽然浮现村泽浅次郎的名字。

事实上，浅次郎今年正好二十一岁，出生年月也皆为巳。一般来说，即使有这样的例子，出生年月也多半为午或丑。仓促之间，我忆起当初听闻他的生肖与出生年月碰巧都是巳时，也觉得相当奇妙。而且，浅次郎结交了一个大他十岁的美艳女人，过了不久，因对那女人过度的嫉妒心感到厌烦，不，应该说是对那异常的执着感到恐惧，浅次郎躲进我家。"肯定是他没错"，我如此断定。我绝不相信文化、文政、天保时代[1]流行的传奇小说中常见的这套"丑时参拜"能发挥什么实际上的效力，但仍心想"站在浅次郎的立场，一定不乐见如此凄惨

1　约为 1804 到 1844 年之间。

的光景"。

浅次郎是个美少年,深谙讨好女人的技巧。身为富豪家的次子,他外表虽然英俊,其实是内心软弱的小少爷。

我并不憎恨他,反倒同情他的优柔寡断。

也因这样的个性,他挥霍无度,遭父兄断绝关系后,受到现在的情妇同情收留。此女三十岁,名叫阿艳,是富商的遗孀。浅次郎进了她的家门,贪恋着有违伦常的欢乐。然而,一个月还好,两个月也还行,过了三四个月,他经常精神不济,镇日酩酊,身体日渐衰弱,失去了活力。

"这样下去,身心会在这女人如火的热情下融解。"就在他终于为此感到恐惧时,早已察觉浅次郎心思的女人,怀疑这个年纪足以当儿子的美少年"一定是厌倦了树荫般暗沉茂密的我,想另外结交如明媚春光中一枝寒梅的年轻女孩",怒火中烧。女人的怒火像一把烧红的铁钳,难以承受全身灼烧之苦的美少年连一分钟都无法再忍耐,逃离了女人的家。然而,就算想回家,遭父兄断绝关系的他亦归不得,又担心女人找到他,不得已只好来拜托我,我二话不说立刻藏匿起他。

即使如此,美少年仍无法放心。

"那女人似乎精通某种法术。忘了是什么时候,有个下女盗取家中财物销声匿迹,阿艳只说'看她能怎么逃跑',立刻施展'驻足之术'。不知道是不是此一缘故,下女逃跑的隔天就患了腿疾,一步也无法行走。虽然躲在附近人家中,不久她就被拖回来,这是我亲眼所见。除此之外,像是诅咒、咒语那些,只要是借助另一个世界力量的法术,阿艳无不擅长。

"所以,每次吵架,她都会朝着我大喊:'你这个坏家伙,要是敢移情别恋,把我抛下,我一定诅咒你死!'那凄厉的表情,到现在还历历在目。"

一再这么说着,浅次郎叹了口气。尽管我告诉他"绝对不会有这种事",不管怎么跟他讲道理,他依然战战兢兢,一脸阴郁。当时我拿他没辙,如今亲眼看到这棵杉树上的五寸钉,才明白他会那样恐惧也是理所当然。

上之二

这时,我同情美少年的境遇,试图将那诅咒的钉子拔起丢弃。不料,怀抱执着怨念锤下的钉子,果然非单靠手指之力就能拔起。

真是的,大概得仰赖令八岁龙女成佛的《法华经》某卷经文,一边诵念一边拔,否则绝对拔不起钉子吧。

无论是谁,在四下无人之处做着不想被他人看见的事时,即使无关行为本身的善恶,他也会受到良心苛责。

此刻我亦产生了一股罪恶感。"会不会被人看见啊?"在这样的不安驱使下,正当我告诉自己"再加最后一把劲"时,灯笼的火竟一晃熄灭。瞬间，四下陷入伸手不见五指的漆黑，我不禁愣住，不知所措。这时，远方隐约可见一点亮光。

又过半晌，我确定那是灯笼的火光。不要多久，灯火已来到明确可辨的地方。一开始，我对各位说过"曾有非常可怕的经验"吧，就是这件事。我也说过，"碰巧撞见别人的秘密不是问题，问题在于，若那秘密行事的人（表现出忌惮他人目光的样子）发现就不妙了"。当时的我，可以说正处于这种情形中。"要是为了这种事遭受不当的怨恨，搞不好会惹祸上身"，我这么想着，环顾四周，找寻藏身之处。观察周围一会儿，发现山腹上有个打横挖掘的洞穴。

"真是太感谢了。"我一个转身躲进洞中，与此同时，提灯笼的人已近在身边。那是一个女人。第一眼看见灯笼的火光时，我就知道"啊，是今晚即将完成咒愿的人来了"。

在霜雪晶莹的严寒冬夜，那个女人却像刚淋过水，全身湿漉漉，光看便为之生寒。一袭单衣如湿透的纸张粘在身上，紧贴手足，身材清晰可辨。黑发像是被雨打湿的草木般凌乱，分别散落于前胸与后背。我这才想起山谷之间有一条小溪，来参拜的人总会在那里净身沐浴，这女人约莫也为洗去一身的污秽去了那里。

在我的注视下，女人靠近那棵杉树。

这时，我一眼就判断出那女人是谁，不需要刻意告知，各位也都猜到了吧。洞中的我屏气凝神，窥望她的举动。她浑然不知我在场，将手上提的金属灯笼放置在地，时而仰天踮起脚尖，时而蹲伏在地，时而双手合十，时而顶礼膜拜，时而用头敲击树干。请大家试着想象，那都是些以为四下无人，没有第二双眼睛看见才做得出的，非常羞耻又诡异的行为。最后，女人吐出一根钉子，插在写着"二十一岁之男子"那张纸片上，拿铁锤"哐哐"敲打起来。

这时，万物都没了声息，连虫在地上爬的声音也听不见，天空像是把随时可能降下的雪雨、冰雹都藏在云脚下，不发出一点声响。因安静而麻痹的耳畔，只剩铁锤敲钉的"哐哐"声。这声响不仅撕裂了我的鼓膜，还贯穿了我的肚肠。

不断敲打的"哐哐"声渐渐逼出我一身的冷汗，我发现自己战栗不止，光靠双腿已站立不稳。不单如此，那个阴气森森，脚下昏暗难辨，腰部以上苍白一片的女人，甩着一头乱发的模样实在太过狰狞，和她相比，真正的鬼魂还比较不可怕。敲钉声歇息的同时，女人摇摇晃晃后退，好似原本成束的东西散落一地，颓然跪坐。要是我猜得没错，女人一定已如愿完成咒术，二十天来紧绷的心情顿时松懈了吧。过了不久，女人起身，朝来时的方向离开。一看到她的背影，和来时完全不同，我的脚步就踉跄得厉害。

原作发表于《词海》第三辑第九卷、第十卷，
1894年10月、12月

佐藤春夫

さとうはるお

作者简介

佐藤春夫(1892—1964)

出身和歌山,中学毕业后前往东京,师事歌人与谢野铁干、晶子夫妻。1918年出版第一本小说集《田园的忧郁》,获得谷崎润一郎激赏,大受瞩目。之后发挥诗歌、评论、随笔、童话、翻译等多方面的才能,对于开始发展的侦探小说也有巨大影响。侦探小说、怪谈路线的代表作有《指纹》《维也纳杀人事件》《鬼屋》等等。

鬼屋

尽管几乎是二十年前的往事，记忆皆已褪色，犹记当时婚姻生活接连失败的我，暂时恢复单身，到弟弟家叨扰。在那之前已有两次离婚经验的我，得知弟弟的家庭面临同样的抉择时，为了逃避那个场面，只得出外旅行。后来，弟弟的离婚终于成立，住的房子也打算退租。接获此一消息与后续商量的联络时，我除了展现带有好意的冷淡之外别无他法，只能丢下一句"你高兴就好"。唯独不能用这种态度面对的，是我留在他家的杂物。他说那些破铜烂铁相当占空间，我便要求他在附近另租一两个仓库或房间存放，若还是放不下就租一幢小房子吧。果然，一两个房间终究容纳不下那些东西，若是租一幢房子只拿来放东西又太夸张，总得有人负责看家。于是我提议，不然从当时经常进出家中的那批书生里找个叫石垣的，拜托他住进那栋房子吧。偏偏家人又说，不能让那么随便的人看家。既然如此，干脆全卖掉好了。听我这么回应，弟弟吐露他倒是卖了自己的东西，但卖不了多少钱很可惜，劝我最好别这么做。我觉得麻烦，说随便放着就好，最后弟弟拍了电报给我，总之要我先回去一趟。在这么无趣的信件往返之间，错过了预定出发旅行的日子。这趟出门明明是想逃避，可不希望目的还没达到就回去，况且，又不是我回去就能想出什么好办法。回拍了"不整理也不回家"的电报后，我就不再搭理。处理那些破铜烂铁会很麻烦，我早在出门远游前就预料到，原本坚持要卖掉，是为了排解弟弟家庭问题而赶来东京的姐姐嚷嚷太浪费，计划才没能实现。按理，整理那些东西应该是姐姐的责任。书桌周边的东西，出发旅行前已拜托过石垣，在拍电报给弟弟的同时，我也寄了明信片给石垣，一方面是提醒，一方面是再次请托。

四五天后，收到石垣回信："老师想何时回东京都没问题。虽然不晓得这样处理您是否满意，在令姐指示下已将您的东西搬进某栋宿舍。书桌周边的物品一起放在那栋宿舍里的闲静小房间中。房间窗明几净，只等您回来。请您回东京时拍个电报到下列地址，我会偕同池田和东等人前往迎接。"

石垣是个爱热闹的家伙，要是他真带着一群人敲锣打鼓来迎接固然令人困扰，假如没有半个人来接我，我又无从得知新居究竟在何处，那也伤脑筋。对我来说，光凭地址要找到住处极为困难，只好随他高兴。想带几个人来，就带几个人来吧。害石垣一个人枯等也过意不去，若是人多势众，等个一时半刻不算什么，还能多些人手帮我搬运行李，倒也方便。石垣想必是这么打算的。

如同我在电报中的要求，下午两点半抵达品川时，石垣已带四个人在那里等着迎接我。除了池田、东和滨野外，还有他们的另一个朋友。那男人我见过一两次面，但不记得名字。想来是石垣为了壮声势，把所有同伴都找来了吧。不过，后来听石垣解释才知道，他们都没等石垣开口便自发随行，说是顺便出来散步。我发给石垣一个人的电报，效果等于发给所有人。之所以这么说，是因他们全和石垣住在一起。换句话说，所有人都和我的那堆破铜烂铁住在一起。说得更正确一点，那栋宿舍大部分的房间由石垣和他的伙伴占据，我和我的东西则进驻其中两间房，两间房里放不下的东西，就由众人各自提供自己壁橱的部分空间存放。这都是我后来才慢慢搞清楚的。放弃当弟弟家食客的我，就这样与一群自称我弟子的青年住到了一块儿。我问，家姐在哪里？他们回答，她住下来整理一两天东西之后，似乎觉得很无趣，又不知道我什么时候才会回东京，前天晚上，在石垣接到我电报不久前就回老家去了。

在青年们的带路下，我们在涩谷下了车。那栋宿舍位于偏远地带的花街一角。在喧闹的笙歌声中，石垣半开玩笑地描述那是一栋足以"北眺筑波、西望富士"的宏伟三层楼房，实际抵达一看，倒是不夸张。光是入口的两扇玻璃门，每一扇就有将近两米宽,玄关口的泥地也有两坪大,踏上玄关之后,接续一道宽敞的走廊。从地点来看,当初这栋屋子应该是想建设为餐厅。听说我的房间在二楼,我便赶着先上去,想看看自己的房间长什么样。沿着入口左侧墙壁望去,可看到一座楼梯。正想上楼时,不知为何,我第一时间便直觉不太对劲。从地面楼层到二楼的阶梯,与从二楼到三楼的阶梯连成一直线,或许是这样,尽管楼梯并不特别陡,却仍令人感到一阵伴随眩晕的不适。沿着这道楼梯上到二楼,由于隔间的关系,楼梯转角处颇为狭窄,小得教人怀疑是否不到三尺。从那里往旁踏出一步,就是四尺宽的二楼走廊,我的房间就在通往三楼的阶梯下方,是一个三坪左右的房间。不知是雨窗紧闭,还是行李杂乱堆放的缘故,房内给人一股阴森森的感觉。另一间房则隔着走廊在另一侧,家姐原先暂住在那里。不过,两个房间差不多,我忍不住想不中用地大喊:"这房间哪里窗明几净了!"

"这房间不行吗?"

石垣很快察觉我的脸色变化,故意装傻问道。毕竟是暂时租用的地方,原本请人代找住处时的条件,就是事前不指定,事后不抱怨,我只能压抑内心的不满。就像渐渐把进了宿舍大门之后,感受到的那股说不上是愤怒或窝囊的各种情绪揉成一团,接着在表面涂上一层名为寂寞的情绪。明明平常很少产生这种心情,当下我却忽然好想念姐姐和弟弟,想必是旅途太疲累了吧。

"有点阴森哪。"

我的喃喃自语立刻进了石垣的耳朵。

"说不定三楼您会满意。总之,请先看看吧。喜欢哪个房间,都可以跟您交换,一开始大家就是这么打算的。"

我并未怀抱太大的期待,姑且跟着石垣走上三楼。不料,三楼光线充足明亮,一扫之前阴森的感觉。其中池田和滨野合住的那间靠外侧的四坪房,不愧是盖在高地的三楼房间,正如石垣所说,约莫两米长的朝北檐廊视野良好。放眼望去,可见一座山仁立在云雾缭绕的地平线上,应该就是筑波山。与那座山之间的平地上,是一片起伏的丘陵与山林,此刻看来像是浮在夕阳上。听说入夜之后,地平线上随处可见繁星般的灯火。在即将迈入盛夏的此时,自眼前景物之上吹拂而过的风,亦堪称可贵。檐廊上摆有藤椅,在这里睡午觉一定很棒,我非常中意这个房间。不过,得知池田和滨野也相当中意这里,我就无法忽视先来后到的顺序,暗自打消夺走这份权利的念头。相对地,我又打定主意,只要不时来玩,把这里当成自己的房间就好。靠内侧的另一个四坪房间,恰恰在我二楼的房间上方,虽然没有靠外侧那间好,从朝南的窗户望出去,仍能看见梧桐树梢的风景,也算不错了。到了冬天,我一定会喜欢这间房。于是,我擅自决定,夏天去池田他们房间,冬天就来东住的这间,把这里当成自己房间使用是我的特权。

这个决定对石垣本身毫无影响，他不仅立刻爽快赞同，还表示会去跟两人解释。最后参观的是楼梯口旁石垣的房间，这是北面与西面各有一扇窗户的三坪房间，他将书桌面窗而放，窗外可看见小小的富士山。石垣不屑地说，那只是一座俗不可耐的山。我坐在石垣的书桌旁，向他谈起旅途中的见闻，被众人挑走更好的房间而心生的不满，则尽量绝口不提。姐姐为人善良，一定是在石垣的花言巧语下，接受了条件最差的房间，反正只是要放行李，哪个房间都一样吧。话说回来，那个房间的阴森感，至今仍残留在脑海未曾消失，真是不可思议。

"总觉得这栋房子有点不对劲，没有发生什么怪事吧？"

我试着询问石垣。

"哎呀，老师，您别吓我啊。"石垣照例半开玩笑地回答，接着正色说，"为什么您会那么觉得呢？这栋房子宽敞明亮，气氛不是很好吗？"尽管毫不掩饰他的关西腔，语气倒是非常认真严肃。

"为什么会这么觉得，原因我也不明白。不过，第一印象就是不太好。站在玄关仰望那道又高又长的阶梯时，就感到不太对劲。再到二楼房间一看，实在太过阴森——三楼倒是不会，三楼的房间都很好，反倒更奇怪。毕竟每个房间都有一定的水平，整体来说，这栋房子也不老旧啊。"

"会觉得二楼阴森，是房间门窗紧闭，而且无人居住的关系吧。再加上，二楼是这栋房子里人口最少的地方——三楼住了四个人,一楼三个人,二楼至今只有两个人,不,应该说是不到一个半。"

这是一栋将状似萤笼[1]的同坪数四方形房屋堆栈三层而成的建筑,石垣却将重点放在人数,这种奇怪的论点是他说话的特色。即使如此——

"'不到一个半'是什么意思?"

"由于是一个母亲带着一个小孩儿,母子俩身体都有些缺陷——没错,他们也都有点阴沉(这句话明显是石垣的自问自答)。母子的房间就在老师的房间隔壁。那个母亲是脚不好的寡妇。不过,有人说她是寡妇,也有人说其实是丈夫和别的女人好上,于是跟她分居。不清楚哪种说法才是真的。"

"年纪多大?"

"约莫三十五六岁吧。"

"长得如何?"

"不能看啊,一点也不能看。"

石垣毫不留情地丢下这句评语,点燃一根 BAT 牌香烟。

"各位搬来差不多十天,谁都不曾觉得哪里不对劲吗?"

"没听大家说过呢。"

"这样啊,那就不必介意了。"

"不过,我遇过一次怪事。忘了是搬来第二天还是第三天

---

[1] 饲养萤火虫的笼子。

的晚上,坐在这里熬夜写稿时,忽然感到有人轻轻拉开那边的纸门,回头一看,却什么人也没有。但我总觉得是有人跑来偷窥又下楼,留意好一会儿,再也没人上来。我不禁纳闷,猜想可能是池田那家伙四处乱晃,又或者跑去偷窥楼下的寡妇了吧。隔天早上询问,昨天谁跑来偷看我的房间,然后下楼上厕所了吗?依然是没半个人。这样的话,我真的觉得就直说了吧,有点奇怪啊。是的,就那天晚上而已。"

和石垣提及这件事后,忘了是隔天还是再隔一天,一样是闲聊到傍晚时分,我忽然很想约大家出去散散步。就当答谢之前他们来接我,心想不如请大家喝个啤酒吧。为了换穿浴衣,我朝自己房间走去。此刻,正是夏天傍晚,外头还很明亮,房间里却开始变暗的时候。我踏进房间,忽然察觉南侧纸窗外有个黑影,于是拉开纸窗想确认外头的状况,却惊见向外凸出的窗框上挂着一个东西。来不及看清楚,我就吓得冲出房间。别提换穿浴衣,连关上纸窗的多余力气都没有。冲上三楼,青年们看到我的模样似乎吓到了,纷纷簇拥上来问发生什么事。据说,我当时脸色极为苍白。吐露看到自己房间窗上挂着不明之物后,我带着石垣、池田和东再次回房察看。打开房内的电灯,众人一起检查,但什么也没有。不过是木屐的橡胶鞋面,被钉子钩着,挂在窗框上随晚风飘荡罢了。置身在众人的笑声中,我不禁为自己的胆小,感到既可笑又难为情。然而,无论是最早隔着纸窗瞥见的黑影,或打开窗子重新确认时看到的东西，都比这张鞋面还要大。那天晚上，我忍耐着石垣的揶揄，恳求石垣让我在他房中过夜。由于发生这件事，我备受惊吓，再也不想一个人待在自己的房间。在屋里坐上一阵子，心情安稳下来时还好，若是出门在外，只要一想到非得回自己房间不可，就会涌现一股难以忍受的寂寞。即使踏上通往自己房间的阶梯，无论如何也无法单独走进去。连在他人陪伴下，仍觉得那不是自己的房间，就像入侵属于他人的密室般，紧张又不愉快，仿佛做了什么亏心事。按照以往的经验，鬼屋共通的可怕之处，就在于回去时的这种心情，会让人想一直待在同伴身边，害怕落单。只想在除了自己房间之外的地方，尽可能和他人待在一起，那是一种难以形容的寂寞心情。我终于放弃在二楼自己的房间生活，搬到三楼石垣的房间与他同住。生活了三个月，住在三楼的伙伴身上陆续出现异状。首先，是池田的室友滨野精神有些异常。起初，滨野带着不知从何处拾回，像是牛骨之类的东西，宣称武藏野一带四处都能挖到人的骨头，还说这是考古学上的大发现，不过大概是狗叼来的吧。接着，他又带回猫的头骨，坚持是人类的骸骨，甚至抱着那副头骨闯入东的房间，隔着窗外的梧桐树，将猫头骨朝后面人家的屋子里丢。好不容易劝服了他，这次又说骸骨不行的话，别的东西总行吧，于是捡回路旁石臼的碎片。那石臼一般人得靠双手之力才抬得起来，只见他用一只纤细的手臂轻松举起，抛掷瓦片似的，试图朝窗外丢。

我们实在制不住他，拍电报请他的父兄前来东京。医师诊断的结果，认为必须暂时住院。第二个出事的，是向来体弱多病的东。除了早晚微微发烧之外，他烧着烧着竟咳出血，东慌了手脚，逢人哭诉自己身体衰弱，即将不久人世，证据是每晚睡前照镜子时，镜中映出的不是自己，而是一张陌生的苍白面孔。看来，他的精神也出现异常。

骚动接二连三发生的那阵子，有天晚上，石垣来找我，说是住在一楼的舍监请我到客厅去，舍监和他的妻子似乎有事与我商量。这时我才从石垣口中得知，舍监的妻子原本是附近的艺伎，由于已有家室又是中年女子，每个月顶多只有一两次工作机会，才动念经营宿舍，想借此增加收入。一开始是东透过朋友的介绍，想用合宜的价钱租两三间空房暂放我那堆杂物，而后，舍监太太好意提议，让这群充满朝气的年轻人也住进来。就算对方是中年女子，好歹曾是艺伎，压抑不住好奇心的四个年轻人从此展开宿舍生活。换句话说，除了饭钱之外，只付了借放我那堆杂物的房租，其他人等于免费入住，这栋屋子肯定有什么不可告人的问题。看来是这名中年艺伎，替这栋声名远播的房子想出的计策。一脸惶恐的舍监起先紧闭嘴巴，一句话都不敢说，当石垣提及我对这房子的第一印象时，他才佩服道："老师果然眼力过人。这阵子，我老婆也每晚都害怕得哭个不停。究竟是怎么一回事，请先过去看看吧。"那家伙头都磕到榻榻米上，几乎是跪着拜托——以上是石垣转述的内容。

一到楼下的客厅，外表约莫四十五六岁的舍监满脸通红，大概晚酌时喝掉了一整瓶酒吧。一看到我出现，他便弯腰低头：

"非常抱歉，喝成了这副德性。这里实在太阴森，为了转移注意力不得不喝两杯。况且，这些话趁着酒意才说得出口。首先必须向老师道歉，不过，真不愧是老师，眼力过人啊——为什么您会发现这栋屋子不对劲呢？"

"没别的原因，就区域性质和建筑物外观来看，这么体面的房子当初八成是盖来当餐厅用的，如今沦为出租宿舍，肯定有什么缘由。"

"原来如此，原来如此，真是无话可说，完全如您所言。这里原本是一栋有隐情的闲置空屋。我老婆听人说，只要愿意住进这栋房子，就算是一个月、两个月都好，住愈久当然愈好，持续住在这里，不管住多久都不收租金。向屋主确认此事无误之后，她立刻动了经营宿舍的念头，应该说没有其他方法了，总比当小偷或诈欺好。别看我现在这样，当年官拜陆军中士，三十七八年的战争中[1]，以二军身份上过战场。我根本不相信会有什么鬼屋，何况，入住的各位都是受过教育、身强体健的年轻人，不像会神经错乱的样子。看到宿舍里热闹有活

---

1 指明治三十七年与三十八年（1904—1905）间的日俄战争。

力，我老婆也很高兴。唯一的烦恼是找不到女管家，毕竟不管走到哪儿都会听到关于这里的事啊。至今换了四五个女管家，每个都做不到三天就待不住。待了三天的人，肯定会在第三天向附近的人打探消息，然后立刻逃跑。这么一来，由于请不到女管家，为各位房客跑腿和打扫宿舍的活全得由我老婆一手包办。尽管她一直嚷着不想干了，但既然得靠这份收入吃饭，这点辛苦又算什么？我也斥责她，只要把自己当成下女就行。或许实在太辛苦，她不光精神上撑不住，身体也愈来愈差。如果只有我和老婆遭到作祟，只能无奈接受，现在却连滨野先生和东先生都出了那样的事，实在万分抱歉。我也想过是不是太迷信，但事实显而易见。其实，今天我去找了一位占卜师。这边都还没开口，那位大师就问"是不是住的房子有什么烦恼啊"，叫人不得不甘拜下风。他又接着说，这样下去不行，必须尽早搬离。你碰巧八字重，所以没事，夫人却快要撑不住了。一刻也不能拖延，愈早搬离愈好。住在那栋屋子里的所有人都一样，若不搬走，将会按照八字轻重的顺序轮流出事。你或许不清楚，那栋房子里住着两三个死灵，不是一般人抵挡得住的——话说回来，这位大师虽然厉害，也有没料准的事。他说我或许不清楚，其实是他没看穿我早就摸清这栋房子的底细。姑且不管这些，总之他也算说中一件事，所以我决定搬出这栋房子，回来的路上顺便再看了两三幢房屋。今天找老师来不为别的，就是为了这件事。这次一定会找可靠的房子当宿舍,请不要因我这个诈欺老头儿而放弃,再相信我们一次吧。只要能养活我们夫妻,无论是为老师保管物品,还是照顾各位的生活起居,一切都和现在一样,我们夫妻会脚踏实地好好干活。虽然很厚脸皮,我老婆说还是得向各位坦承一切,只要取得各位的同意,一日也不可再耽搁,最好尽快从今天看的几幢房子里选出满意的,明天就确定下来,立刻搬过去。搬家的事全交给我们,各位只要先过去等待即可。"听完这番话,正当我也大力赞成,正在隔壁房里对镜梳发的舍监老婆,探出了头来。她外表看上去四十岁左右,除了罹患妇女病之外,肾脏似乎也有毛病,苍白的脸浮肿得像颗冬瓜。只见她一边说"一切正如外子所言,真的非常抱歉",一边就要趴下来谢罪,我们赶紧劝阻,并趁机打听这栋房子到底有什么隐情。他们却说,连在这栋房子里说出口都嫌可怕,还是等搬到新家后再告知吧。尽管只在这里多停留一个晚上,一旦得知真相,心里想必会不舒服。

隔天,我们一行人便逃出这栋高地上的三层楼房。唯独带着不会说话儿子的瘸脚女人,当初因尚有空房,舍监夫妻心想多住一个人就多一份精气,一方面也是为了积德,便让她免费住了下来。不过这次搬家,舍监拒绝继续照顾这对母子。石垣带了另一个人来代替生病住院的东,舍监太太的脸色虽然没能立刻好起来,顺利雇用管家之后,她也能够轻松养病了。原先的那栋房子,舍监不需付给屋主房租,又收了五个房客的饭钱，加上存放我物品的两间房，每个月至少付了二十元的房钱，难怪支付新宿舍的押金之后，夫妻俩手边还能有些存款。

尔后，我追问鬼屋的由来到底是什么，才知道那栋三层楼房是某人看准高地视野开阔而设计的餐厅，只是在兴建过程中，工程费用超出负担，为了筹钱只得将建筑物抵押给地主（就住在房子后方），种下日后的纠纷。建筑完工，餐厅盛大开幕的同时，居然遭到地主押收。起造人恼羞成怒，嚷着要给这栋房子触霉头，随即爬上三楼，在能瞭望筑波山的檐廊上切腹自杀。听说，切腹时人没死透，还爬着下楼，其妻与其弟之间也发生某些事，详情不明，后来其中一人很快病死，另一人上吊自杀。

原作发表于《中央公论》，1935年10月

图书在版编目（CIP）数据

日本文豪怪谈/（日）夏目漱石等著；邱香凝译
. -- 北京：中信出版社，2023.8
ISBN 978-7-5217-3499-7

I.①日… II.①夏…②邱… III.①短篇小说－小说集－日本－近现代 IV.① I313.44

中国国家版本馆 CIP 数据核字 (2023) 第 094323 号

本书中文译稿由城邦文化事业股份有限公司独步文化事业部授权使用，非经书面同意不得任意翻印、转载或以任何形式重制。

日本文豪怪谈
著者： [日]夏目漱石 等
译者： 邱香凝
出版发行：中信出版集团股份有限公司
（北京市朝阳区东三环北路 27 号嘉铭中心　邮编　100020）
承印者： 北京盛通印刷股份有限公司

开本：787mm×1092mm 1/32　印张：7.75　字数：156 千字
版次：2023 年 8 月第 1 版　印次：2023 年 8 月第 1 次印刷
书号：ISBN 978-7-5217-3499-7
定价：49.80 元

版权所有·侵权必究
如有印刷、装订问题，本公司负责调换。
服务热线：400-600-8099
投稿邮箱：author@citicpub.com